KB143121

글똥 누는 여자

글똥 누는 여자

송은경 수필집

수필미학사

책을 내기로 약속한 2년이 순식간에 흘렀습니다. 매 주 수업을 들으며 한 달에 두 편씩 글을 쓰는 일이 만만치 않았습니다. 힘들었지만, 구속이 없었다면 책을 엮는 일은 엄두도 내지 못했을 것입니다.

날 것으로 흩어져 있던 글을 모아 정리하는 일도 쉽지 않은 노동이었습니다. 마지막 퇴고를 하면서 책을 낸다는 것은 지금까지 내가 살아온 삶의 얼개를 찾는 일이라는 확신이 들었습니다.

실린 글들은 대체로 나와 내 가족과 친구의 이야기입니다. 행복하고 즐거운 글보다 엄마, 아내, 며느리, 딸이라는 이름으로 살아가는 것이 벅차고 힘들 때 쓴 글이 더 많습니다. 아마 글쓰기를 통해 시원하게 배설하지 못한 내면의 상처를 치유하고 싶었던 것 같습니다. 그럼에도 너무 내 생각만 골똘하여 사랑하는 사람을 고단하게 하지는 않을지, 마음대로 언어를 낭비하여 그들을 불편하게 하지는 않을까 퇴고하는 내내 마음이 쓰였습니다. 오늘 밤, 내려앉을 곳을 찾지 못하는 난분분한 눈처럼 내 글도 책 안에서 흩날리고 있는 중은 아닌지 모르겠습니다.

먼 길을 함께 달려온 책쓰기포럼팀 선생님과 교수님께 감사의 말을 전합니다. 주저앉고 싶을 때마다 다독거려 주신 덕분에 마침표를 찍을 수 있게 되었습니다. 디자인 작업을 도와 준 사랑하는 조카 현경, 아들 종훈에게도 고마운 마음을 전합니다. 글똥 거름을 듬뿍 주었으니 묵정밭이 되지 않게 앞으로 열심히 글밭을 일구어 갈 것입니다.

2014년 2월
글똥 누는 여자 송은경

■ 차례

책머리에 _ 4

1부 쉼표

다큐멘터리 ································· 13
쉼표 ··· 19
민달팽이 ································· 23
비 ··· 28
우포늪 ····································· 33
용틀임 ····································· 37
플라타너스 ······························ 42
그에게 가는 길 ······················· 47
목소리 ····································· 52

2부 굳은살

길 ·· 59

녹 ·· 64

굳은살 ······································ 69

새처럼 ······································ 72

땅콩 한 알 ································· 76

낡은 옷 ···································· 80

유전 ·· 84

글향 ·· 88

코끼리의 노래 ···························· 91

3부 남편의 신발

내 몸에 비늘 ································· 97

불놀이 ···································· 101

3kg ····································· 106

나쁜 엄마표 ······························ 109

남편의 신발 ······························ 113

숨길 ····································· 117

할미꽃 ···································· 122

맴놀이 ···································· 126

비밀의 정원 ······························ 130

4부 종이여자

호박 ·· 137

말 ·· 141

파 ·· 145

똥 ·· 148

껌 ·· 152

종이 여자 ·· 156

고구마 ·· 161

그 남자 ·· 165

외출 ·· 169

무청을 말리며 ·· 173

| 1 부 |

쉼표

다큐멘터리

　누 떼의 이동이 장관을 이룬다. 풀을 찾아 움직이는 초식동물을 맹수가 덮친다. 힘없이 쓰러지는 누는 무리를 잃어버리고 홀로 죽음을 맞이한다. 텅 비어버린 누의 눈망울이 화면에 가득하다.

　어두컴컴한 방 안, 친구의 침대에 누워 나는 텔레비전만 보고 있다. 삶을 놓치고 싶지 않아서인지, 차라리 저 누처럼 희망이 없음을 깨닫고 포기하고 싶어서인지, 자신에게 수없이 되물어 보지만 아직 알 수 없다. 때가 되면 친구가 차려주는 밥을 먹고 가끔 친구의 손에 이끌려 시장을 나가고 팔공산 자락을 누빈다. 거칠고 용감한 친구의 운전이 이럴 때는 답답한 내 속을 오히려 시원하게 뚫어준다.

　깊이를 알 수 없는 절벽의 어느 지점에 몸을 꽂은 나를 친구는 아무 말 없이 일주일째 기꺼이 받아주고 있다. 친구의 남편도 두 아이도 나의 방문을 모른 척 자리를 피해 불편해하지 않도록 최선을 다해 준다. 고맙다. 하지만 마음 끝자락에도 그들을 넣어 둘 수 없다. 나는 지금 사생결단을 하며 치열한 생존의 현장을 찍고 있다. 드라마가 아닌 다큐멘터리 인생의 한가운데서 마치 맹수 앞에서 죽어가는 누처럼 나는 이 집에 고립되어 있다.

결혼해도 독립하지 못하는 남자 때문에 힘들어하는 여자의 이야기로 드라마의 시청률은 올라간다. 순위권에 들어 있는 드라마 대부분이 슬픔과 아픔을 피해가고 싶은 수많은 여성들의 대리만족으로 만들어지지만 비현실적이다. 드라마의 결말은 한결같다. 카타르시스가 완벽하게 이루어지는 훈훈함으로 마무리된다. 현실에서 누릴 수 없는 행복과 고생 끝에 오는 낙을 누리고 싶은 여자들의 꿈이 드라마 곳곳에 진을 치고 있다. 그래서 현실은 더 슬프다. 이혼한 여자에게 돈 많고 잘생기고 친절하기까지 한 드라마 속의 멋진 남자는 없다. 홀로서기를 작정하고 나선 길이라 그런가. 삶은 누의 죽음처럼 처절할 뿐임을 되새기게 된다.

참고 살아가는 것도, 이쯤에서 접고 새로운 길로 나아가는 것도 삶의 현장이다. 드라마 같은 포장된 삶이 나에게 와 준다면 그야말로 기적이다. 그녀처럼 예쁘지도 능력 있지도 않은 그저 그런 삼십 대의 평범한 아줌마에게 기적은 쉽게 일어나지 않는다. 세상의 뻔한 이치를 너무 잘 알기에 나는 자꾸만 빛을 거부한 채 방 안을 어슬렁거리고 있는지도 모른다.

삶이란 온통 늪이었던가. 아름다울 거라고 내디딘 한 걸음이 십 년이 지난 어느 날에서야 목까지 차오르는 늪이었다는 것을 발견하다니. 한 호흡을 놓치면 내가 사라지고 말 것이라는 불안에 지푸라기라도 잡고 싶었다. 힘을 주면 줄수록 더 깊이 빠져드는 늪에서 살아 나온 건 기적이었다. 운동부족이라는 남편의 말에 밤새도록 아파트단지를 뛰어다녀도 낫지 않던 호흡곤란이 알약 하나로 회복되는 것을 보며 안도감에 앞서 내 삶의 서글픔에 더 목 놓아 울었던 시간. 어쩌겠는가. 내가 선택한 삶이고 스스로 들어간 늪인 것을.

십 년 동안 마음자리를 내 주었던 곳에서 나는 기어이 반란을 일으키고 만 것이다. 내쉬는 날숨만으로 살았던 아내, 엄마, 며느리의 자리는 막내딸로 자란 내가 감당하기에는 벅찼다. 들숨이 모자라 숨이 턱까지 찼건만, 남편은 모른 척 그리고 기세등등했다. 언제나 자신만만하게 떠나라고 큰소리치던 남편이었다.

남편의 더듬이가 촉을 세우고 사태 파악을 한 지 일주일 만에 친구의 전화벨이 울렸다. 마주함의 끝자락에서 만난 아이들을 보며 나는 다시 한번 치를 떨었다. 나의 모습이라 여겼던 죽어가는 누의 텅 빈 눈망울이 더욱 크게 아이들 눈에 자리를 잡고 있었다. 더 물러날 곳을 두지 않았지만, 내가 떠난 자리에서 선택의 여지 없이 울타리를 잃어버릴 아이들을 위해 나는 엄마의 자리를 지키기로 했다. 어찌할 줄 몰라 하며 방향을 잃어버린 남편의 더듬이 앞에 치받쳐 오르는 무수한 생각을 한번 더 꿀꺽 삼키기로 했다.

함께 늪에서 나와 보니 모두가 상처투성이다. 서로 지지 않으려고 힘을 주며 상대를 짓눌렀으니 누구인들 온전할 리 있으랴. 드라마의 마지막 장면처럼 한 가정의 새로운 시작은 제자리를 찾았다. 변화가 없다고 편안한 것은 아니다. 부딪혀 깨진 부분을 끼워 맞추며 나는 잃어버린 온전한 호흡을 찾아간다. 들숨과 날숨이 조화롭다는 것은 어느 정도의 불공평과 불합리를 받아들이는 것, 상대에 대한 배려와 양보를 마주 보며 이어가는 것이다.

맹수가 두려워 초원을 이동하지 않는다면 수십 미터의 강을 죽음을 불사하고 건너지 않으면 누 떼는 전멸할지도 모른다. 고통 없이 찾아오는 행복은 없다. 자연의 법칙대로 푸른 초원을 찾아 이동하는 누 떼는 고통을 두려워하지 않는다. 나는 내 삶이 온전한 드라마가 되기를 원하지 않는다. 힘들었지만 무사히 강 하나를 건너온 지금, 나는 조금 편안하다. 십 년 동안의 결혼생활을 끝내는 것만이 길일 것 같은 마지막 선택에서 생각지도 못한 삶의 유턴이 있음도 알았다.

기나긴 여행이 끝나고 새롭게 자리를 잡은 초원에 평화가 찾아왔다. 제자리를 찾은 누 떼들이 한 폭의 그림처럼 살아 움직인다. 부드럽게 흔들리는 어린 풀들이 초원의 바람 앞에서 더욱 건강하다. 편안한 누 떼의 호흡이 화면 밖으로 흘러나온다. 범람한 강물에 그리고 사나운 맹수에게 한 생명을 내어주고 찾아온 평화는 이제 막 걸음을 시작하는 새끼들과 누릴 수 있는 소요消遙의 하루다.

살고 싶기에 내 삶의 여정은 치열하다. 다큐멘터리처럼 날마다 긴장하고 도전해야 한다. 호흡이 힘든 만큼 삶이 치열할 수도 있음을 알았기에 이제 어떻게 다큐멘터리 촬영을 계속 해야 할지 어느 지점에서 줌인을 넣어야 하는지는 내 몸이 기억한다. 다행이다. 남편도 나도 고집스럽지 않게 영역을 지켜나가고 있으니.

지나온 여정도 어쩌면 누 떼의 다큐멘터리처럼 내 생의 어느 한 부분에 반드시 필요한 장면이었으리라 믿는다. 희생을 감수하고 차지한 초원에서 새로운 생이 계속 이어지듯이 가끔은 미친 듯이 삶을 향해 돌진할 필요가 있다. 살기 위해 죽는 것이다. 때로는 내 마음속 깊은 곳에서 뿜어져 나오는 소리에 장단을 맞출 필요도 있다. 바람을 타고 드나드는 나의 호흡이 오랜만에 편안하다. 결혼 후 십 년, 적절한 때에 나는 반란을 일으킨 것 같다. 승자도 패자도 없는 일주일간의 가출 덕분인지 나의 초원은 아직도 살아 숨 쉬고 있다. 때로는 드라마처럼 때로는 다큐멘터리인 채로.

쉼표

버스 창문에 빗방울이 내리친다. 지리산 계곡을 따라 내려오는 칠월의 장맛비가 질주하는 여름에 쉼표를 던진다. 속도가 붙자 빗방울이 길게 꼬리를 치며 창문에 들러붙는다. 꼬물꼬물 난자를 향해 끝없이 행진하는 정자 같다. 생명을 찾아 달려가는 무수한 반쪽짜리 생명이 투명하다 못해 반짝거린다.

책을 읽다 보면 쉼표를 발견한다. 긴 문장 속에서 쉼표는 적절한 숨쉬기다. 앞의 내용과 반대되는 뜻을 전할 때도 쉼표는 등장한다. 요즘은 쉼표라는 용어가 반점으로 바뀌었다. 느리게 살아가던 어릴 적 정서에 맞는 게 쉼표라면 쉴 새 없이 바쁘게 정신없이 돌아가는 요즘 세대에겐 반점이라는 말이 더 잘 어울리는 듯하다.

사계절이 쉼 없이 돌아가는 듯해도 사이사이 숨어있는 간절기가 쉼표가 아닌가 싶다. 따뜻한 봄이 잠시 쉬었다 여름을 맞이하고 가을과 겨울의 사이에서 좀 더 두꺼운 옷을 입을지 고민하는 순간이 바로 쉼표일 것이다.

시골에서 농사를 지으셨던 부모님은 가을 추수가 끝나면 마을 사람들과 관광을 다녀오셨다. 일 년 농사의 쉼표인 여행이다. 지금은 그마저도 힘든 70대의 노인이 되셨다. 다행인 것은 가끔 들르는 시골집의 풍경이 나에겐 언제나 쉼표 같다는 것이다. 부모님의 느릿한 살림살이와 넉넉하지 않으나 만족하며 살아가시는 모습에서 숨가쁘게 이어지는 내 삶의 문장들 사이에 쉼표를 찍어주곤 한다. 인생의 마지막에 찍어야 할 점이 마침표라면, 앞으로의 내 삶에는 몇 개의 쉼표가 있어야 할까.

쉼표는 기쁨과 슬픔으로도, 희망과 절망으로도 다가온다. 한없이 나태해져 있던 2년 전, 나의 우울함이 임계점에 다다랐던 그때, 집에 불이 났다. 삶이 무력해지던 무렵, 화재는 많은 것을 잃어버리고 육신의 고통을 동반했지만 무기력하던 내면의 삶을 일으켜 세우는 쉼표가 되었다. 지나고 나니 그 또한 쉼표였음을 깨달았지만, 만약 아무런 일 없이 그해를 보냈다면 내 안의 우울을 이겨내지 못하고 더 힘든 시간을 보냈을 것이다.

세상이 바쁘게 변할수록 스스로 찾아내어 찍어야 할 쉼표의 자리가 많다는 것을 느낀다. 무작정 달리다 보면 자신뿐만 아니라 친구, 이웃, 가족조차 잊어버리고 마침표를 향해 달려가고 있는 초라한 자신을 발견하게 된다. 아이 둘을 낳고 살면서도 나는 내 삶이 얼마나 소중한지 깨닫지 못했다. 내 아이를 남과 비교하고 남편을 비교하며 현실을 외면하고 이상만 좇아 투덜댔다. 웃음이 사라진 집, 불만과 짜증이 고스란히 아이들에게 불안을 심어주었던 시절, 돌이켜보면 나의 속도에 맞춰 쉬어 가지 못하고 줄곧 남을 따라 달리기만 한 결과였다.

화재는 많은 것을 희생하고 억지로 찍은 쉼표였지만 내 삶에 있어 꼭 필요한 경고성 사건이었다. 깨달음을 위한 쉼표 뒤에 숨어있던 신의 놀라운 선물은 그 이상의 치유와 회복으로 나를 일으켜 세웠다. 몸과 마음의 휴식을 위해 시작한 텃밭은 온통 내 삶의 쉼표가 되어 온갖 즐거움으로 다가온다. 모든 경제가 화폐로 이루어지는 도시 생활에서 텃밭에서 일구어낸 채소는 쉼표 그 이상이다.

느리게 가는 시간을 몸으로 읽고 도시 생활의 건조함을 이겨내는 힘이 5평 텃밭에 숨어 있다. 자본주의의 원리를 벗어나서 살고 있다는 생각에 활력소가 된다. 농약과 비료를 쓰지 않고 아이들의 소변이 거름이 된 밭은 인간과 자연이 공존하는 법을 알려 준다. 거짓말하지 않고 친구처럼 다가오는 자연의 소박한 모습에 긴장된 마음이 한결 느긋해진다. 꾸민 아름다움이 아니기에 태양과 물만 먹고 자라는 상추를 한 장씩 뜯어 먹을 때마다 내 몸에 툭툭 쉼표가 떨어진다. 인공의 완벽함은 시너지를 낼 수 없지만, 자연은 그 자체로도 많은 것을 만들어낸다.

쉼터라고 만들어 놓은 곳을 다녀보아도 북적거리는 사람들 틈에서 오히려 지치기만 한다. 한철 재미 보려는 장사꾼들의 눈속임 때문에 몸과 마음은 더 피곤하다. 남들 다 가는 휴가를 외면하지 못하고 시대의 흐름에 밀려 다녀온 휴가 아닌 휴가 때문에 더 힘들고 지쳤던 시간이었다.

그에 비하면 가까이에서 틈틈이 들여다보며 이웃과 소통하는 텃밭은 날마다 여유로운 휴가다. 퇴근하고 오는 길에 들러 눈 도장, 발 도장 찍고 오는 쉼표 위에 비로소 나는 살아 있다. 그 순간은 호흡과 호흡 사이에 적당히 들어앉아 쉬어주는 쉼표 같은 시간이다.

유리창에 쏟아지는 빗방울이 바람을 타고 몸을 꺾는다. 일순간 유리창은 쉼표로 가득하다.

민달팽이

  옷장을 열었다. 벗어놓은 허물처럼 늘어진 옷이 가득하다. 바래고 낡은 채로 어깨를 늘어뜨린 옷들을 끄집어냈다. 몇 년 동안 내 몸에 걸쳐 보지도 못한 것부터 올여름까지 구석에 있던 것들을 모두 모았다. 두 눈 질끈 감고 차에 실었다. 더 이상은 묵은 짐과 함께 내 삶을 질질 끌고 가고 싶지 않다. 이제 가벼워지고 싶다.

  친구의 집들이를 다녀왔다. 개인 사업을 하는 친구의 남편은 늘 주위의 부러움을 샀다. 내가 남편의 월급으로 두 아이와 종종거리며 살고 있을 때 아이와 함께 해외여행을 다니는 부부였다. 최근에 부부가 같이 시작한 골프를 자랑이라도 하듯 거실 한 곳을 차지하고 있는 물건이 눈에 먼저 들어온다. 한껏 여유를 부리며 사는 그녀와 마주한 나는 애써 티를 내지 않으려고 웃음을 짓고 있었지만 아마 그녀는 보았을 것이다. 감출 수 없는 부러움에 동요하는 나의 눈동자를. 묵은내나는 헛헛한 자존심이었다.

사람은 제 노력에도 어찌할 수 없는 삶의 한계에 부딪힌다. 그럴 때마다 비움이 위로라는 이름으로 들어앉는다. 살아남기 위한 말이지만 때로 올무처럼 그 말에 매여 주저앉아 버리게도 된다. 핑곗거리처럼 난 오랫동안 이 말을 품고 살았다. 착각이었다. 내가 품은 건 비움이 아니라 비움을 가장한 겉멋이었고 체면이었다. 친구 앞에서 중심을 잃어버리는 내가 한심스러워 발을 동동 굴렀다. 여물지 못한 나를 바라보는 것이 싫어서 며칠 동안 애꿎은 남편에게 화만 냈다. 다음 날 아침, 영문도 모른 채 남편은 혼자 밥을 차려 먹고 출근했다. 아내의 이유 모를 반항에도 무쇠솥같이 꿈쩍 않던 남편 덕분인지, 금방 끓었다 식는 양은냄비 같은 내 성질 탓인지 시간이 흐르자 조금씩 마음이 풀어졌다.

중년이 되어서까지 흔들리는 내가 싫었다. 시시때때로 애가 닳아 못 참는 마음과 머릿속을 이제 비우고 싶었다. 앉은자리가 언제나 꽃자리가 될 수 있다면 얼마나 좋을까. 변화가 필요했다. 그 첫 시도가 옷이었다. 묵은 채로 자리만 차지하던 옷들을 단숨에 버릴 수 있었던 건 정말 마음을 비우고 싶어서였다. 육신을 치장하던 옷부터 버리고 나면 시야가 밝아지고 덩달아 마음자리까지 맑아질 것 같았다. 지극히 사소한 일처럼 보이나 그렇게 하지 않으면 앞으로 나아갈 수 없는 중대한 일이었다. 때로 삶은 엉뚱한 곳에서 실마리가 풀리기도 한다.

지난여름 지리산 계곡을 내려오다 민달팽이를 만났다. 등껍질을 벗어던지고 빗길 위에 놓여 있던 민달팽이는 손가락 두 개를 합친 만큼 컸다. 장마와 겹친 폭우에 갈 길을 재촉하던 나는 걸음을 멈추고 느릿느릿 길을 건너가는 민달팽이를 바라보았다. 내 마음자리에 따라 사물을 바라보는 시선이 달라지는가. 고작 일박 이일의 여행을 하며 한짐 가득 메고 온 등의 배낭이 부끄러웠다. 제 한 몸 가벼워도 서두르지 않고 제 갈 길을 가는 민달팽이 앞에서 나는 진정 비움의 가치를 배웠는지도 모른다. 그러나 일상으로 돌아온 나는 자연에 머무르며 깨달은 것들을 이내 잊어버렸다.

열심히 살면 몸과 마음이 원하는 것을 모두 가질 수 있고 충분히 만족하며 살 수 있을 거라 여겼다. 눈에 보이는 것과 보이지 않는 것을 함께 얻을 수 있다고 생각했다. 만족할 만한 물질을 소유하기가 얼마나 어려운지, 그만한 마음을 내려놓기는 또 얼마나 힘든지, 그 조차도 욕심이었음을 알겠다. 본의 아니게 꺾이려는 마음을 억지로 붙들고 있는 것이 아직은 나의 버팀목이자 자존심이건만 남에게 보이는 모습에 홍

분하는 나를 이제 제대로 바라보라고, 달팽이는 맨몸 하나로 느리게 나를 마중한 것인가.

군이 자랑하지 않았지만 나보다 넉넉한 친구의 살림에 주 눅이 들었던 것도 결국은 욕심이 앞섰기 때문이다. 그 많은 옷을 버리지 못하고 지니고 있었던 것도 결국 쓸데없는 미련 에서 비롯된 것이다. 내가 서 있는 자리를 확인하는 방법이 물질이라면 나는 분명 실패자다. 비움이라고 어쭙잖게 다독 거리는 것 또한 실속없는 겉치레에 불과하다. 제 나름의 행복 이 같을 수 없지만 나는 아직도 눈에 보이는 많은 것들로 인 해 유독 힘들어하고 있다. 민달팽이의 느린 걸음과 아무 것도 지니지 않았으나 가득해 보였던 그 몸뚱이가 나였으면 좋겠 다는 생각도 이즈음에 깨달았다.

나는 아직 이겨내지 못하는 나의 생이 무겁다. 살아온 만큼 철이 들지 않는 더딘 시간이 지겹다. 지리산 계곡에서 만난 민달팽이처럼 가벼워지려면 세속에서 닦아야 할 도가 너무 많이 남았다. 인생 곳곳에 숨어 있는 하루하루의 일상이 또 다른 수양의 이름이다. 가늘어도 끊어지지 않는 거미줄처럼, 세상에 흔들리면서도 그 위에서 자리를 지키는 거미처럼 나 는 충분히 흔들려야 할 것이다. 온몸과 마음으로 비와 바람 을 맞아가며 또 아파야 할 것이다. 물질 하나를 버리는 것부 터 끝없는 인간의 욕망을 다스리는 어느 순간까지 긴 호흡

을 견뎌야 할 것이다. 나의 등짐이 민달팽이처럼 가벼워질
때까지.

비

비는 하늘에 머물다 제 몸이 힘들면 쏟아져 내린다. 땅과 물을 떠난 수증기가 자꾸만 가벼워진다. 아지랑이처럼 조금씩 상승하던 수증기가 물방울로 변하여 지상에 내려오기까지 수많은 시간이 밤과 낮을 헤아린다. 물이 수증기가 되고 다시 비가 되어 내려오지만 비는 물이 아니다. 새로운 존재로 드러나는 비는 여름, 그 한가운데서 가장 난폭하다.

세 번의 태풍이 지나갔다. 한반도의 서해로 동해로 비켜가던 태풍이 이번엔 내가 사는 아파트까지 찾아왔다. 17층까지 가볍게 내려온 비바람은 마술처럼 몸을 꺾어 창문을 강타했다. 야간 근무로 집을 비운 남편 대신 두 아들과 베란다 창에 젖은 신문지를 붙여 놓고 밤을 새웠다. 고요가 찾아든 아침, 강풍과 맞서 싸운 신문지가 힘없이 떨어졌다. 흩어진 신문지를 똘똘 말아 수거함에 넣었다. 신문의 원래 역할을 다하고 또 요긴하게 쓰인 신문지였다. 쉽게 찢어지는 약한 종이지만 당당하게 태풍 앞에 버티는 모습이 든든했다. 남편이 집을 비운 동안 혼자 감당했던 아이들과의 시간이 엄마라는 이름으로 나를 서 있게 한 것처럼.

남편을 만난 건 스물여섯의 칠월, 장마가 한창이던 때였다. 생애 첫 소개팅에서 인연의 끈을 놓지 않았던 그 날, 나는 하늘에 떠 있는 무지개를 보았다. 십오 년이 흐른 지금까지 희망의 끈을 놓지 않고 있는 것은 아마도 필연이라고 느낀 그 날의 무지개 때문인지도 모른다. 그와 함께 계곡을 찾아간 여름날의 소리는 태풍이 할퀴고 간 자리마다 굉음을 내며 흘렀다. 뿌리째 뽑힌 나무가 나뒹굴고 그 위로 균형을 잃은 물살이 거칠게 핥고 지나갔다. 무지개는 그 숲을 빠져나오고도 한참이나 젖은 도로를 달려서 발견했다.

언제부턴가 내 삶은 비를 피하듯 모든 것들로부터 투명한 막을 치고 사는 것 같았다. 눈에 보이지 않는 얇은 막을 사이에 두고 살아가는 삶이란 얼마나 조심스러운지. 찢어질까 봐 또는 영원히 갇혀 버릴까 봐 전전긍긍하는 꼴이었다. 스물여섯에 시작한 한 남자와의 출발이 그랬다. 즐기며 동행하기에는 우리는 각자 살아온 시간이 너무 많았다. 보여주어야 할 것과 그러지 말아야 할 것이 제자리에 있는 날이 드물었다.

난폭한 태풍처럼 우리의 싸움은 쌓아놓은 추억을 남김없이 쓸어갔다. 뿌리째 뽑힌 나무처럼 상처받고 눈치 보는 아이들의 모습을 바라보는 것이 힘들었다. 방치한 세월을 견뎌 내고 있는 아이들을 보며 남편과 함께 보았던 무지개는 신기루였을 거라고 나는 단정 지었다.

젖는다는 것은 상대를 위해 온전히 나를 내어주는 일이다. 물에 흠뻑 젖은 신문지가 창문에 바싹 붙어 비바람을 막아낸 것처럼 말이다. 내가 서 있지만 내가 아니기도 한 모습으로 남편 앞에 투명해지기란 쉬운 일이 아니다. 인생의 강력한 태풍 속에 수차례 몸을 내던져 보지 않고서는 알 수 없다.

남편은 나보다 다섯 살이 많다. 남편은 자신이 살아온 방식에 나를 맞추려 했고, 나는 나의 생활 방식을 남편이 배려해 주기를 바라며 살았다. 한 치의 양보도 없이 우리는 그만큼의 세월을 고집스럽게 살았다. 시댁과 친정이라는 낯선 용어가 제가끔 마음속에 하나로 들어앉는데도 십 년쯤은 걸린 것 같다.

여름이면 으레 고기압과 저기압이 만나는 자연의 현상처럼 부부의 인연도 피해갈 수 없는 생의 순환 같은 것임을 지겹도록 보낸 여름비로 조금씩 깨달았다. 이왕이면 우리의 만남이 제힘을 다하고 사라지는 태풍 같은 삶이 되기를 바라며 앞으로의 태풍도 기꺼이 맞이하고 싶다.

또다시 덜컹거리는 베란다 창틀의 소리가 범상치 않다. 모아 둔 신문지를 꺼낸다. 분무기를 들고 수시로 물을 뿌려가며 신문지가 떨어지지 않도록 붙든다. 창문이 부서질 듯이 들이치던 비바람은 흠뻑 젖은 신문지 앞에 또 순한 양처럼 비껴갔다. 어느 순간 찾아온 고요가 한 꺼풀씩 떨어지는 신문지 바깥세상에 펼쳐졌다.

삶의 태풍은 늘 강력한 힘으로 나를 후려치지만 나는 해가 갈수록 단단해질 것이다. 연리지처럼 두 뿌리에서 한 나무로 엮어지는 것만 사랑이겠는가. 제가끔 감당할 인생의 무게를 상대방에게 떠넘기지 않고 견뎌 내는 것이나 스스로 뿌리를 깊이 내릴 수 있게 지켜봐 주는 것도 아름다운 삶의 방식이다. 간혹 곁을 가만히 내어주는 것도 그러하리라.

비는 하늘의 뜻이다. 피하고 싶어 타조처럼 머리만 모래 속에 처박고 있을 수는 없다. 때로는 정면 승부를 해야 한다. 무섭지만 젖은 신문지를 들고 창문에 매달려야 한다. 나의 등뼈가 단단해지면 세상의 흔들림과 요동에 마음조차 길드는 줄 알았다. 겉으로 여물어지기 위해 애쓰는 동안 내 마음조각들은 어둡고 좁은 세상에서 소용돌이쳤다. 작은 바람 소리에도 흔들리던 초보 엄마, 초보 아내의 무른 땅이 수차례의 비에 굳어진 것이 이제 내 눈에도 가늠된다.

결혼 전 젖은 도로에서 보았던 무지개는 어디에 떠 있었던 걸까. 태풍이 남긴 고요 속에서 느리게 나의 근원으로 돌아가고 싶다. 날마다 비가 되기 위해 순환하는 물처럼. 강하게 혹은 여리게 세 번의 태풍이 지나가고 시월이 왔다. 쌀쌀한 바람에 아직 비 소식이 한번 더 남았다. 이제 우산 없이 저 비를 맞아도 거뜬할 것 같다. 그런 다음 남편과 함께 젖은 도로 위에 서서 무지개를 찾아보고 싶다.

우포늪

안개뿐이다. 늪으로 몸을 들이고 한참을 기다린다. 새벽을 지나 조금씩 벗은 몸을 보여주는 우포늪 깊숙한 곳에 나는 서 있다.

태풍으로 잠긴 늪은 생생한 민낯이다. 안개에 가려 흐릿하던 시야가 늪 가운데로 들어와 보니 엄마의 자궁처럼 편안하다. 생과 사가 끊임없이 되풀이되는 늪의 넉넉함이 나를 여기까지 데려왔나 보다.

잠겼던 늪이 드러난 곳에 시월의 새순이 올랐다. 새벽안개와 이슬을 먹고 대를 밀어 올린 생명력은 작고 여리지만 강하다. 갈색의 마른 풀들이 건네준 생명의 힘으로 눈부신 파릇함이여. 죽었던 들숨이 차오르니 실낱같은 날숨 하나 저 풀잎 위에 가서 흔들린다. 청명한 공간을 가르며 억새밭을 넘나들던 잠자리였다. 석양은 붉은빛으로 타오르던 날개를 접고 늪 속으로 건너와 영면에 들었다. 어느새 늪은 조금씩 드러나는 태양 빛에 반짝거린다.

늪은 덫이라 생각했다. 한번 걸려들면 절대 빠져나올 수 없는 죽음을 향한 곳이라 여겼다. 늪은 불안한 생이었고 죽음이었다. 뜻대로 나아가지 않은 삶이 늪이었고 꿈 꾼대로 이루어지지 않았던 내 모습이 온통 늪이었다. 산다는 게 참 고단하였고, 나는 아이에게 늘 부족한 엄마였다.

엄마의 자리가 쉽게 주어지는가. 해가 갈수록 나의 자리에 마른 가슴만 쳤다. 사춘기 아들의 고민을 털끝만큼의 의심도 없이 흘려들었다. 에둘러 말하는 아들의 진심을 읽지 못했다. 전학이 왜 가고 싶은지, 내면을 들여다볼 재간이 내겐 없었다.

만신창이가 된 아들의 마음을 다독이는 동안 내겐 용서할 수 없는 미움이 온몸에 자라났다. 더운 여름, 창문마다 내려앉는 새벽을 보며 이를 갈았다. 결코, 그들에게 이해와 배려를 보여주지 않으리라 다짐을 했다. 어미의 독한 눈빛을 먼저 알아차린 것은 피해자였던 아들이었다. 녀석은 그들을 친구라고 했다.

몸을 들인 곳은 태풍으로 속살을 드러낸 둥근 공간, 넝쿨 위에 내려앉은 개흙이 만든 집이다. 태곳적 고요함을 간직한

한 평의 공간이야말로 자궁 속의 자궁이다. 탯줄 같은 늪지의 길을 걸어 들어간 자연의 주머니에서 일억만 년 전 원시의 소리를 듣는다. 늪 속에서 울려 퍼지는 깊은 자연의 울림은 이해와 배려와 비움과 넉넉함일 것이다.

열 달을 품어야 비로소 끊을 수 있는 탯줄, 초월의 시간을 뛰어넘어 인류의 탯줄로 오늘 나를 맞이한 우포늪은 소멸이 아니라 생성의 공간이다. 살아 있다는 본능을 잃지 않으려고 몸부림친 세월을 읽는다. 수면 위에 머물러 끼룩거리는 청둥오리 떼가 긴 자맥질을 한다. 제각기 살아갈 궁리를 하는 자연과 동물의 공존이다.

온전히 내어주는 법을 아는 습지는 외롭지 않다. 고요한 새벽을 일으켜 세우는 것은 물도 뭍도 아닌 늪이다. 일억만 년 이상을 견뎌온 원시의 깊이를 마음에 담을 수 있다면 내 삶의 절반이 물과 뭍에 내어줌이 확실하다면 이제 나는 온전한 늪이 될 수 있을 것이다.

해마다 우기가 되면 역류하는 세상의 물을 받아들이고 토평천으로 고인 물을 흘려보내며 늪은 해산한다. 또 다른 이름을 낳기 위해 고인 생각의 탯줄을 끊어 버리고 모든 걸 묻고 가라고 자꾸만 속살로 끌어들이는 늪. 열여섯 아들은 어찌 이것을 알았을까. 마흔의 생을 살고도 가시투성이인 나의 모습이 부끄러울 뿐이다.

가지를 늘어뜨린 왕버들이 늪의 가장자리를 지킨다. 늪의 그림자에 매달린 무수한 잎이 수면 위에 찰랑거린다. 늪의 수면에 닿아 기운을 이어가는 잎과 땅속 뿌리로부터 늪의 물을 빨아들이는 굵은 가지도 어느 지점에선 반드시 만나겠지. 눈에 보이지 않지만 은밀하고 위대하게 늪은 자라고 있다. 생명의 한가운데 서 있지만, 이 길이 사람 냄새로 가득해지기 전에 늪은 또 한번 그 키를 늘여 여름을 날 것이다. 해마다 태풍과 장마의 한가운데서 깊은 잠을 자고 깨어날 것이다.

아들, 육신의 진통으로 만들어 낸 생명이다. 엄마라는 이름이 지독히 무거운 날, 나는 늪의 해산이 보고 싶었던 것일까. 달을 품고 잠들었던 시간, 아직 끝나지 않은 사춘기의 방황, 아들이 쏟아낸 한줌의 눈물이 자양분이 되어 남은 시간을 넉넉히 마주할 거라고 습지에 새긴다.

아들의 삶 속에 드나들 수 없는 나의 한계를 위로해 주는 늪이 고맙다. 굵은 몸피로부터 한참이나 떨어진 습지 한가운데서도 푸르게 잎을 키워내는 왕버들처럼, 내 손이 닿지 않아도 아들의 청춘이 푸르게 자라날 거라고 지금 온몸을 열어 보여 주고 있지 않은가.

안개가 햇빛에 부서진다. 나를 감싼 세상의 한 겹이 더불어 터진다. 늪의 장막을 걷고 나는 이제 아들이 있는 곳으로 엄마라는 이름으로 당당히 걸어간다.

용틀임

평퍼짐하게 눌러앉은 자리가 반질반질하다. 숱한 사람에게 내어 준 흔적이다. 화석처럼 굳어 버린 나무, 미처 하늘로 오르지 못한 둥근 몸통이 두께를 더하고 있다. 푸른 싹을 내보내려고 몸을 부풀리는 중인가. 곁가지를 붙들고 있는 잎이 눈부시다.

하늘로만 자란 나무들 틈에서 제자리를 찾지 못한 나무다. 게다가 길가에 자리 잡았다. 주위엔 온통 잘 자란 나무들이 열을 지어 있지만, 내 눈엔 오직 뿌리부터 휘감아 오른 소나무의 가지 끝만 보일 뿐이다. 사람들이 함부로 몸을 부려놓은 탓에 제 몸피를 잃어버리고 맨살로 드러누웠다. 이제 막 사춘기에 들어선 아이를 닮은 허연 밑둥치의 굴곡이 내 마음에도 묵은 따리를 튼다.

아이가 어릴 때는 자주 산을 찾았다. 작은 걸음을 앞세우고 정상을 오를 때마다 여물어가는 아이의 다리를 보며 우리 부부는 흐뭇했다. 풀잎을 반듯하게 세우는 잎맥처럼 이 길이 아이의 근육과 힘줄이 되어 줄 것을 의심치 않았다. 다져진 걸음이 언젠가는 세상을 향해 자신만만하게 나아갈 거라고 믿었다.

한참 동안 산에 오르는 것을 잊고 지냈다. 빠진 앞니에 새 이가 나면서부터 아이는 학교와 학원을 오가느라 시간이 없었고, 맞벌이 부부인 나도 주말이면 모자란 잠과 밀린 집안일에 산을 찾을 여유가 생기지 않았다. 나보다 한 뼘이나 더 자란 아이를 보며 한숨 돌려도 된다 생각한 건 나의 착각이었다.

얼마 전, 집을 나서는 아이의 얼굴이 어두워 보였다. 지친 내 몸이 읽어내지 못한 아들의 고민이었다. 숱하게 보내왔을 아이의 텔레파시가 그 날에서야 어미의 안테나에 잡힌 것이다. 하고 싶은 말을 어떻게 꺼낼지 몰라 망설이는 아이의 눈에서 눈물이 툭, 떨어졌다.

울음 사이로 끊어지는 몇 개의 단어로 나는 아이가 겪고 있는 아픔을 가늠했다. 새 학기부터 수개월, 아이가 견디어 왔을 그동안의 마음 고생이 나에게 고스란히 전해왔다. 말로만 듣던 학교 폭력이었다. 밤마다 고층 아파트의 창문을 잠그고,

아이의 깊은 숨소리를 확인하고 나서야 잠자리에 들었다.

찬바람 속의 마른 잎처럼 아이는 떨고 있었다. 어떤 일이 있어도 너를 지켜 주겠다는 말을 수백 번, 아니 수천 번 했다. 힘든 순간에 아이에게 필요한 것은 든든한 사랑과 관심이었다. 혼자 그 시간을 감당하기 위해 아이는 깔깔거리며 가족과 함께 산을 뛰어다니던 추억이 필요했는지도 모른다. 오늘 산을 가자고 한 것도 바로 아이였다.

오랜만에 찾은 산에서 아이의 걸음이 싱싱하다. 울퉁불퉁한 산길도 가볍게 건너간다. 꼭 정상을 밟자고 한 아이와의 약속에 무거운 몸을 끌어올린다. 솔숲의 푸른 물로 사라졌던 아이가 성큼 내려와 제 아비와 어미의 느린 걸음에 곁을 내준다.

어릴 적에도 그랬다. 자주 드나들었던 산길을 강아지처럼 촐랑촐랑 잘도 오르던 아이였다. 헉헉거리며 걷다 보면 아이는 어느새 저만치 숲으로 숨어 버렸다. 걱정스러운 마음에 서둘러 올라가면 아이는 또 환한 웃음으로 우리를 기다리고 있었다.

천천히 속도를 맞추어 걷는 아이가 든든하면서도 마음 한편엔 미안함이 앞선다. 아이의 손을 바투 잡고 남은 길을 오른다. 두렵고 무서웠을 그 순간, 이 손을 얼마나 잡고 싶었을까. 맨살로 저 혼자 버티느라 얼마나 힘들었을까.

오를수록 소나무가 많다. 곧게 자라 하늘로 뻗은 것도 있지만, 이리저리 몸을 휘어 비튼 나무도 곳곳에 자라고 있다. 몸들끼리 부딪히는 공간에서 소나무는 심하게 용틀임을 한 것 같다. 잡목들과 섞여 십 수 미터까지 휘어져 있는 소나무는 어느 순간 하늘로 곧게 뻗어 늠름한 모습으로 나를 내려다 본다. 솔가지의 끝이 하늘을 찌른다. 금방이라도 파란 물방울이 떨어질 것 같다.

아들의 성장통이 조금씩 아물기를 바라며 천천히 정상을 향한다. 아비와 어미의 걸음이 언제나 너와 함께할 거라는 것을 말로 다 한들 채워질까. 거친 산길에서 나누는 호흡이 아이에게 힘이 되기를 바라며 나는 자꾸만 아이의 이름을 불러본다. 어느 순간 넓은 하늘을 품으로 끌어들인 푸른 소나무를 기억하길 바라며.

산에 몸을 들이길 잘했다. 다행스럽게도 아이는 그 좁고 힘든 틈새를 잘 버텨내고 있다. 그 어느 때보다 거침없는 획이 되어 열여섯 번째의 나이테를 새기고 있다. 구부러졌으나 강하게 뿌리내린 둥치를 발판으로 세상을 향해 나아가려고 용틀임 중이다.

소나무를 만진다. 비틀고 비틀어 만든 옹이와 휘어진 틈을 보이는 껍질의 무늬는 얼마나 아름다운 생인가. 아이의 여린 마음에 옹이가 될까 봐 졸이던 마음을 내려 놓는다. 힘들었던 만큼 단단해져서 돌아올 아이의 모습을 믿으며 나는 남아 있는 걱정도 털어 낸다. 아이와 함께 오르는 산길에 휘어져 자라고 있는 소나무가 자꾸만 눈에 들어온 것은 그래서였는지도 모른다. 비틀거리며 넘어질 것 같지만 가느다란 몸을 끝까지 세워 하늘로 향하고야 마는 소나무를 품는다. 그 푸른 당당함이야말로 반드시 그렇게 자라고야 말 내 아이의 모습이기에.

플라타너스

11월이 되자 바람이 차가워졌다. 나뭇잎이 아스팔트 위에서 이리저리 쓸려 다닌다. 차가 지나갈 때마다 힘없이 좌로 우로 때로는 바람의 흐름에 몸을 싣고 하늘로 솟아오르기도 한다. 온몸을 맡긴 채 세월을 수놓는 잎의 삶이 부럽다. 그들의 이야기에 몸을 연다.

좋은 부모가 될 욕심으로 시작한 상담교육이 벌써 이 년째다. 남의 이야기를 들어 주는 것이 얼마나 힘든 일인지 처음에는 몰랐다. 시간이 흐를수록 부족한 나의 모습이 먼저 보였다. 익지도 않은 벼 이삭처럼 꼿꼿한 모습의 나는 그들의 넋두리를 들어 주기에 한참 부족한 사람이었다.

나의 이야기를 풀어놓는 것보다 더 어려운 일이었다. 끝도 없는 신세타령을 들어주는 일은 아무나 하는 것이 아니었다.

그녀의 이야기 보따리는 시도 때도 없이 대화를 가로막고 끼어들었다. 바쁜 시간을 쪼개어 모여 앉은 사람들 틈에서 가장 견디기 힘든 사람은 나였다. 귀가 시끄러웠다. 더불어 마음도 번잡스러웠다. 내 힘으로 상대를 포용할 수 없으니 돌아서고 싶었다.

사람과 사람 사이를 연결하는 방법도 여러 가지다. 직접 부딪쳐 내 마음을 전하는 방법도 있겠지만, 나를 통제할 수 없을 때는 위험한 방법이다. 적당한 시간과 거리를 두고도 마음이 누그러지지 않는다. 그 자리에 자연스러움이 있어야 한다는 것을 여기에 와서 보니 알겠다. 너무 가까워도 멀어도 힘들 수밖에 없는 것이 사람의 관계라면 지금은 너무 가까워서 힘든 시기다. 적당한 거리를 잃어버리고도 너무 무심했던 탓이다. 때로는 자연으로 들어와 무인도처럼 홀로일 때 저 낙엽처럼 편안하게 모든 것들을 품을 수 있을 것 같다. 모퉁이를 돌 줄 아는 지혜가 필요한 때다.

아주 오래전부터 그곳에 있었다는 플라타너스는 우람했다. 온갖 동물과 산새가 둥지를 틀고도 남는 교정은 동화 속에 나오는 세상 같았다. 모퉁이를 돌아 정문으로 들어서며 나는 이미 현실을 잊어 버렸는지도 모른다. 신들이 거니는 신화 같은 세상이 내 눈앞에 거짓말처럼 펼쳐졌다.

세 사람이 팔을 뻗어도 닿지 않을 만큼 둘레가 우람하다.

그 둥치를 땅에 박고도 어쩌면 저렇게 큰 키를 하늘로 향할 수 있었을까. 은빛으로 반짝이는 몸피는 백발의 멋진 노신사 같다. 부족함 없이 적당한 두께와 간격으로 하늘을 장악한 여러 개의 가지가 조화롭다. 저 나무들과 그 가지 위에서 푸르게 빛났을 잎이 운동장을 가득 메우고 있다. 바람에 쓸려 담장 아래와 화단 가에 소복이 모여 갈색으로 누운 모습이 더없이 편안해 보인다. 오가는 바쁜 걸음 속에 몸을 내어주는 푹신푹신한 낙엽의 바스락거림이 '너도 그렇게 살아.' 라고 쉴 새 없이 나에게 속삭이는 것 같다.

플라타너스 사이를 거닐다 낙엽 더미에 드러누웠다. 온몸에 부딪혀 바스락거리는 갈색 잎이 귀에 가득하다. 욕심스럽지도 시끄럽지도 않다. 불편하지도 않다. 이 소리라면 사람 소리 서넛은 너끈히 이겨낼 수 있겠다. 욕심과 아집이 그득한 세상 소리를 품고도 넉넉히 바스락거리는 한결같은 플라타너스 잎이 이제 나를 품어준다. 한없이 가벼워 한 사람의 타령도 넣어 둘 수 없었던 마음에 낙엽 소리가 자꾸만 들어 앉는다. 방전된 배터리가 충전되듯이 세상을 보던 내 마음이 하늘을 향한다.

지쳐 있었던가 보다. 세상의 말들을 가두어 놓을 내 마음 그릇이 여의치 않아서 목구멍까지 차오른 말들이 시퍼렇게 멍이 들었다. 감당하지 못할 버거운 말들이 입 밖으로 자꾸

나오려고 했다. 나오면 독을 품은 화살이 되어 사정없이 꽂혀버릴 것을 알기에 나는 무던히 참고 또 참아야 했다. 내뱉어 버리면 내 속이야 편하지만, 상대방은 또 얼마나 힘이 들까. 누군가가 이야기를 했다. 그곳에 가면 플라타너스가 있다고. 몇 아름이라야 안을 수 있는 플라타너스가 운동장 가득 펼쳐져 지친 나를 반겨줄 거라 했다.

낙엽 위에 누우니 온몸이 열린다. 갇혀 있던 것들이 피부로 발끝으로 머리카락 틈새로 흘러나와 낙엽 위에 쌓인다. 말없이 속내를 받아 주는 낙엽 더미 위에서 한참을 그리고 있었다. 낯익은 그 냄새가 편안하다. 추수가 끝난 가을 들녘에서 종일 친구들과 뒹굴었던 볏짚에 누운 듯하다. 자연 속에서 돌아갈 곳을 알고 몸을 내어주는 것들은 모두가 아름답다. 열 몇 살의 나는 하루에도 수십 번씩 볏단을 쌓고 허물며 자연스럽게 치유의 삶을 살았다. 지금은 홀로 드러누워 낙엽을 덮고 바람을 불러 하늘을 포갠다.

어른이 되어 만난 사람들, 도시에서 만난 매끈한 관계들이 사실은 너무 많이 다듬어져 속을 들여다볼 수 없다는 것을 알았다. 스스로 거리 조절을 하며 몸과 마음을 다스려야 된다는 사실을 겪어보아 또 깨닫지만 아무렇지도 않은 척 능청스럽게 살아가기 싫다. 플라타너스의 가지 끝을 올려다 본다. 하늘 높이 솟아있는 끝을 하염없이 올려다본다. 그 몸에서 떨어져 바닥에 뒹구는 잎들, 낙엽에 누워.

 마지막 겨울비가 내린다. 낙엽은 결국 그 몸마저 썩어 플라타너스의 생명이 된다. 더욱 웅장한 모습을 기대하며 미련 없이 뿌리로 스며드는 낙엽의 마지막 죽음 앞에서 나는 날 것으로 펄떡거리는 상담실을 떠올린다. 꼿꼿이 뒷목을 세우고 날카롭게 비판하는 날 선 마음에 무엇이 들어올 수 있으랴. 썩는다는 것은 끝이 아닌 발효의 시작이다. 거름이 되어 생명의 봄을 기다릴 줄 아는 플라타너스 낙엽에 누워 나는 눈을 감는다. 잎 속에 묻혀 내가 낙엽이 되기를 기다린다.

그에게 가는 길

    소나무 병풍이다. 아담하게 들어앉은 삿갓의 묏자리가 명당임을 알겠다. 앞쪽에 태백산맥의 끝자락과 소백산맥의 시작점이 만나 삿갓의 묘를 내려다보고 있다. 저 산맥도 저 자리에서 삿갓의 흘러간 옛 시를 기억하는 걸까. 군데군데 새겨 놓은 삿갓의 시구가 재미있으면서 슬프고, 쉬우면서 또 깊이가 있다. 들여다볼수록 김삿갓이야말로 천하를 누비며 속엣것들을 제대로 토해낸 멋진 시인이었다.

    여행의 맛이 제대로다. 신경 써야 할 아이들도 없고 배고플까 봐 바리바리 싸들고 온 짐도 없으니 홀가분하다. 가다 아무 곳에나 들러 한 끼를 해결하고 지나다 눈길 머무는 곳에 발길을 옮기면 그뿐이다. 방랑시인 김삿갓 흉내 내기 놀이라도 하는 것처럼 나는 지금 한없이 자유롭다.

김삿갓의 생가는 특별하다. 묏자리에서 개울을 건넌다. 나무 뿌리가 엉키고 돌멩이가 발길에 차이는 흙길을 따라 산으로 들어간다. 그 집에 걸음 하기까지 건너야 하는 열한 개의 개울이 마치 수양의 길처럼 펼쳐져 있다. 한 폭의 좁은 개울을 넘어서니 충청도요, 다시금 나타난 개울을 건너니 강원도다. 깊은 계곡에 만들어 놓은 회색 시멘트 다리 하나를 건너고 또다시 작은 개울을 지나니 삿갓의 생가가 나를 반긴다. 온통 나무뿐인 이곳, 사람의 자취는 찾아볼 수조차 없는 깊은 산속에 들어서니 그의 방랑 삼십 년의 이유를 알겠다.

하늘이 흐려지더니 진눈깨비가 날린다. 십일월의 끝자락에 만난 영월의 산바람은 매섭다. 이곳에서 어린 시절을 보낸 삿갓에겐 얼마나 비밀스러운 삶이었을까. 아마도 세상을 향한 욕망을 태백산맥처럼 웅장하게, 소백산맥처럼 유연하게 키워나가지 않았을까.

조부 김익순은 홍경래의 난으로 인해 멸문지화를 당할 수밖에 없었던 인물이었다. 항복했다는 이유로 도망치듯 달아나 터를 잡은 곳에서 뿌리의 길을 잃어버린 채 이십 년을 살았다. 조선 시대에 뿌리가 가진 의미는 특별하다. 양반과 천민이 그러했고, 순식간에 상위 그룹에서 반역 죄인이 되어 입 밖에조차 낼 수 없었던 집안의 이야기는 스무 살 과거급제로 인해 절정의 끝에 다다른다. 나라의 반역죄인인 조부 김익순을 비난하는 글로 급제를 한 삿갓의 고뇌가 시작되는 지점이다.

삶이란 원하는 대로 뜻하는 대로 나아가지 않는다. 요즘이야 또 다른 길에서 나를 찾는 일이 맘 먹기에 달렸지만 내 뿌리를 붙들고 후대에까지 영향력을 미치는 조선 시대의 정점에서 그는 방랑의 길을 선택한다. 처자식을 버려두고 삼십칠 년 동안 남긴 발자취에서 나는 조금씩 소용돌이치는 마음의 흔들림을 느낀다.

집을 나서는 일이 쉽지 않았다. 일상의 틀을 깨고 싶어도 주변의 빡빡한 삶에서 벗어나기가 힘들었다. 고3 아들의 수능시험이 끝난 친구가 얼마 전 태국으로 떠났다. 남편과 자식을 남겨두고 자기만의 여행길에 올랐다. 쉼이었을 것이다. 아마도 친구는 아내와 어머니로 살아온 자신에게 그동안 쌓아놓은 인생의 마일리지를 쓰고 있는 것이라는 생각이 들었다. 마흔을 넘어서면서 달려가던 길을 한 번씩 멈추고 싶었던 순간이 나에게 왜 없었으랴. 단풍 구경도 없이 몇 해를 보내며 끙끙거리던 마음이 친구의 여행이 도화선이 되어 오늘 나는 영월에 왔다. 찬바람이 사정없지만, 그조차도 나에게는 기꺼운 선물이다.

현실적이고 건조한 남편과 나눌 대화가 자꾸만 줄어들었다. 계절의 변화에도 민감하게 반응하는 나와는 반대인 남편이 자꾸만 답답했다. 밤늦게 단둘이 막창이라도 구워 먹고 싶어도 남편은 집에만 들어오면 나가는 것을 귀찮아했다. 사람들이 붐비는 곳을 싫어해 가족끼리 여행을 다녀본 기억도 까마득하다. 혼자 아이들을 데리고 다니며 진땀을 빼는 것도 이젠 힘들다. 동행한 가족에게 미안하기도 하고 자존심도 상한다. 멀쩡한 남편을 놔두고 남의 차에 얹혀 가는 여행도 한두 번이다. 여행 내내 즐기기보다는 애를 쓰다 보니 돌아오면 늘 파김치였다. 나를 내려놓을 길을 만나고 싶었다.

뛰어난 한시의 대가인 삿갓은 언문이라 칭하는 한글과 양반의 글인 한자를 섞어 시를 지었다. 삶의 질곡을 넘나들었던 생이 양반과 천민의 의사소통을 혼합하여 재주를 부리는 경지에 도달한 것이다. 조심스레 삿갓의 발자취를 훔쳐보며 내 마음 한 자락을 얹는다. 도심의 답답한 일상은 어쩌면 핑계일 것이다. 베란다 창을 열면 수만 평의 우거진 나무들로 숲이 장관을 이룬다. 마음만 먹으면 숲으로 들어가 도시의 삭막함을 치유할 수 있어도 선뜻 몸이 일어서지 않는 이유는 낯선 곳을 향한 동경 때문일까. 여정을 통해 얻는 깨달음에도 깊이가 있다. 길 위에서 만나는 것들은 모두가 크고 작은 스승이다. 몸을 일으켜 깨닫는 것은 산지식이며 때로 삶의 혜안까지 열어 준다. 지루한 현실을 견딜 수 없어 떠나온 하루 여행이지만 마치 내가 방랑객이 된 듯 잰 척하는 마음도 난고의 그

늘에서는 용서될 것 같다.

찬 기운에 동한 하늘이 은빛 눈을 등처럼 깔아 놓았다. 밤
새 내린 눈 위로 사람의 숨길이 한번도 스치지 않아 더욱 밝
게 빛나는 산골 오두막이다. 솔직히 생가로 오는 길에 슬금
슬금 달아나는 해를 보며 조바심이 났다. 짧은 해 덕분에 더
욱 빛나는 집을 보니 늦게 당도한 것이 나쁘지만은 않다. 더
딘 걸음을 밝혀주는 눈길에서 죽장망혜의 삿갓 선생이 성큼
내 앞에 나타날 것 같아 마루에 걸터앉는다.

삿갓의 일생을 더듬으며 내 생이 머물 곳을 그에게 묻는다.
곳곳에 남겨진 그의 시를 읽으며 때론 아내로, 어머니로, 딸
로, 나 자신으로 굽이치는 인생의 균형점을 찾고자 한다. 보
물 같은 장소를 발견한 오늘이 아마 삿갓의 삶에서 내가 찾
아야 할 삶의 중요한 얼개가 되지 않을까 싶다.

목소리

　괜한 생각일 것이다. 목소리만으로 모든 것을 판단하기는 이르다. 시골에 계신 엄마에게는 충분히 늦은 시각이기에 피곤한 탓일 수도 있다. 그런데 마음은 자꾸 불안하다. 전화기 너머로 들리는 목소리가 예전 같지 않다고 느끼다니, 시골집의 웃풍 탓인가. 그러려니 생각을 다독이며 흩어지는 마음을 불러 모은다. 여든을 바라보시는 엄마의 목소리에 오늘따라 냉수를 들이켠 것처럼 가슴 한쪽이 찌르르하다.

　아이들과 떡 만둣국을 먹고 새해를 맞았다. 벌써 열여섯이 된 큰 아이를 보며 흐뭇한 마음으로 하루를 즐겼다. 영화를 보고 쇼핑하러 다녔다. 길은 얼어 있어도 아이들과 함께하는 시간은 빙판 위에서도 아름답게 흘러갔다. 순간순간 불안한 마음이 들었지만, 연거푸 석 잔이나 마신 커피 때문일 거라고 애써 진정하였다.

수화기 너머 엄마의 목소리에 외로움이 잔뜩 묻어 있다. 이제 막 자려고 자리에 누웠다는 엄마가 초저녁 어둠을 더듬거리며 수화기를 잡았을 생각을 하니 이른 아침에 전화를 드리지 못한 것이 죄송하다. 행여나 하는 노모의 기다림이 어둠과 함께 사라져버린 것 같다. 딸에게 아무런 내색 없이 말하지만, 엄마는 기운이 없다. 온종일 기다림에 지쳐 버린 속내를 숨길 기운도 남아 있지 않은 것이다.

건달같이 건들거리며 한 살씩 먹는 것 같았는데 때때로 철도 들었던 모양이다. 엄마의 노쇠한 기운을 알아차리다니, 몇 개월 만에 들은 목소리로 말이다. 여간해서 쉬는 일이 없는 엄마의 휴일이 며칠 동안 계속되고 있다.

맏며느리로 시집와 한평생 농사에 허리를 굽혀 살았던 엄마였다. 가난한 시골의 살림을 도맡고 시부모님과 딸 넷의 부양자로 억척같은 삶을 엮어온 엄마, 그 엄마를 지금 내가 바라보고 있다. 생의 열정이 불타고 있는 내 목소리에서 엄마는 배신감을 느끼지 않았을까. 당신의 삶을 온전히 희생하고 가족을 먹여 살렸던 지난 세월을 보상받고 싶지는 않았을까. 오늘 같은 날, 해가 바뀌고 어둠이 내릴 때까지 기다려도 오지 않은 자식의 무심함에 아마도 전화기만 수차례 만졌을 것이다.

엄마의 손은 끝이 늘 갈라져 있었다. 그래도 아프다는 소리 한번 하지 않으셨다. 하루에도 수십 번, 아니 수백 번 물에, 흙에 아픈 곳이 녹아내려도 태양보다 더 당당히 하루를 살던 엄마였다. 내 몸의 작은 상처 하나를 온몸으로 만져 주면서 울타리가 되었던 엄마였다.

세상의 어머니라고 불리는 대지는 모든 것을 품는다. 하늘의 비와 바람, 새, 초원을 달려가는 동물에게 말없이 가슴을 내어준다. 모든 것들이 두드리고 간 자리가 아프다고 그 몸을 숨기는 법이 없다. 밟힌 자리에 또다시 다가오는 끊임없는 고통으로 자연을 키워낸다. 한 치의 오차도 없이 끝없이 돌고 도는 자연의 섭리가 엄마를 떠난 날부터 불안하게 내 삶을 맴돌았다.

얼마나 투덜대며 짜증을 냈는지 모른다. 퇴근 후, 많은 것들이 제자리에 놓여 있지 않은 현관에서부터 잔소리하며 두 아이를 들들 볶았다. 지친 내 몸의 한계 앞에 자식을 향한 모성애 따위는 없었다. 밖에서 받은 스트레스가 아이들에게 그대로 전이되곤 했다. 자식을 향한 나의 모습은 미성숙하고 부족함이 많았다.

새로운 가정을 이루고 갑작스럽게 찾아온 엄마라는 자리를 아직 준비하지 못한 나는 상실감에 젖어 양육의 몫을 다하지 못했다. 부족한 모유로 어린 날을 버텨온 큰 아이의 마른 몸을 볼 때마다 완벽한 대지의 모습으로 당당하게 남아 있는 엄마가 생각났다.

세월이 흐르면서 조금씩 엄마의 자리를 찾아가는 중이라고 생각했다. 이만하면 대지의 어머니로 손색이 없을 거라며 스스로 자만했다. 비록 어린 한 시절, 아이들과의 관계가 힘든 적은 있었지만, 이 정도면 괜찮은 엄마라고 여겼다.

물리적인 엄마와의 거리를 핑계로 오랜 세월을 무심하게 보내왔다. 내 안에 미약하게 남아 있는 엄마의 흔적이 슬프다. 찾아오지 않는 딸을 향해 엄마는 온종일 신호를 보냈을 텐데 마음을 기울이지 않았다. 수화기 너머로 엄마는 아프다고 말한다. 평생에 단 한번, 오늘.

2 부

굳은살

길

    물길이 말랐다. 바닥이 훤히 드러난 소쇄원 계곡에 바위와 돌멩이들이 여실히 그 모양을 드러낸 채 또 하나의 풍경을 만들었다. 젖듯 말듯 조용히 내리는 가랑비에 그래도 천천히 풀이 젖고 돌이 젖는다. 흐르지 않고 단지 젖을 뿐이다. 아마도 이 비가 저 계곡을 채우려면 수십 년을 내려야 할 것 같다. 천천히 내리는 비를 맞으며 제월당 마당에 나는 섰다. 뒤로는 산이 감싸고 앞으로는 계곡이 막고 있는 소쇄원 제월당 앞마당 풍경에 넋을 잃고 앉았다. 신록이 우거져 계곡 너머에서는 자세히 보이지 않던 집이 외나무다리를 건너고 보니 탐나게 들어앉다.

    스승의 유배와 죽음을 보고 낙향한 제자 양산보는 소쇄원 풍경 안에서 그 마음을 온전히 가라앉혔을까. 시대의 불만과 내면의 갈등이 자연으로 녹아들어 편안히 살다 갔을까. 모를 일이다. 기록에는 그의 마지막에 대해 언급하지 않았다. 다만 제월당과 광풍각의 풍경만으로 그의 낙향한 삶이 정계의 삶 보다 풍요로웠으리라 추측할 뿐이다. 그랬으면 좋겠다. 내 안 의 갈등과 소요를 묻어둘 언저리를 빌리고자 나는 이곳에 왔 으므로.

소쇄원瀟灑園은 올곧은 선비 정원이다. 화려하지 않게 조용 히 포개놓은 층층의 돌담과 기와가 자연스럽다. 어디에 서든 모든 것에 막힘이 없다. 동서남북 어느 쪽으로도 나의 시선이 끝없이 가 닿을 수 있다. 그 마지막 시선에 언제나 자연이 펼 쳐진다. 신록이 우거진 유월의 담양은 편안하다. 마당을 뛰어 다니는 다람쥐 두 마리가 인기척에도 놀라지 않고 제 길을 찾 아 다니는 모양조차 용감하다. 시선에 상관없이 나는 나의 길 을 얼마나 바로 걸어왔을까.

흔들렸다. 채우지 않고 앞으로만 달려왔기에 나는 심하게 멀미를 했다. 군데군데 구역질 나는 속내를 게워놓고 힘들게 살았다. 올곧게 뻗은 대나무가 아니라 휘어진 마디로 대나무 의 기개를 드러낸 지난 삶이 옹졸하고 부끄럽다.

건강하시던 어머니가 갑자기 쓰러지셨다. 수년 전부터 물 질적인 어려움으로 힘들어 하시다 결국 몸이 마음을 이겨내 지 못하니 병이 찾아왔다. 응급실에서 수 삼일을 보내는 동안은 눈물로 밤을 지새웠다. 병원 생활이 길어지면서 차츰차츰 흩어지는 나의 초심이 내게 가장 먼저 보였다. 조금씩 의식을 찾기 시작하는 어머니의 곁에는 아들 셋과 딸 그리고 며느리들이 수시로 드나들었다. 그러나 병실에 누워 계신 어머니의 그 자리에 오직 나의 몸과 마음만은 비어 있었다. 직장과 병원을 오가는 남편의 모습이 존경스러워야 하건만 나는 그조차도 용납이 안 될 만큼 마음자리가 단단히 굳어져 버렸다. 어머니의 퇴원과 함께 통원치료가 시작되었지만, 남편은 그 먼 길을 혼자서 오가며 어머니를 모셨다.

집이 불타 그을음 속에서 생활하는 나와 자식들을 버려두고 시골로 향하는 남편에 대한 원망이 어머니 때문이라고 여겼다. 힘들다는 소리 못하는 남편이 밉고, 말하지 않는다고 관심조차 없이 십수 년을 모른 척하는 어머니도 미웠다. 형님들의 어려움에만 눈이 먼 어머니의 사랑과 관심이 물질로만 보였던 그때 가치로 보자면 나는 내버려진 며느리요, 남편은 버려진 자식이었다. 세상살이에 깊이 빠져 넓게 두루두루 보는 눈이 부족했던 나의 어리석음 때문이었다.

못된 며느리의 불효에도 불구하고 어머니는 빠르게 회복되어 건강을 되찾으셨다. 시골집 너른 마당에 또다시 발걸음을 딛고 세상을 보고 계신다. 그 걸음이 회복되면서 어머니는 내게 유달리 부드러워지셨다. 이렇다저렇다 하던 간섭도 않으시고 점점 침묵으로 나를 바라보셨다. 아마도 그 묵언의 시간 속에서 나는 조금씩 오그라들고 있었던 것 같다. 기울어진 모습이 여실히 드러날 때마다 나는 괴로웠다. 말없이 지켜보는 남편을 바라보는 것도 내겐 힘겨웠다. 모두가 나를 바라만 보고 있는데 나는 숨이 막혔다. 가타부타 말을 넣을 때보다 오히려 침묵하는 가족들이 감옥처럼 나를 힘들게 했다.

　툇마루가 제법 높다. 댓돌에 올라서야 비로소 엉덩이가 걸쳐진다. 가파르게 내지른 바로 앞이 수직으로 떨어지는 계곡이다. 계곡의 물길이 조금씩 모이고 있다. 고양이 걸음처럼 조용히 내리던 비가 어느새 모여들었다. 물길을 만들어 소리를 채우며 흐른다. 높은 툇마루에 불어오는 바람도 제 길을 따라 흘러와 내 몸에 부딪히고 하릴없이 사라진다. 자연스럽다. 길게 이어진 툇마루도 제 몸이 만들어낸 마루로 난 길이다. 선비들이 학문을 논하던 마루길 뒷산에 산길이 이어진다. 산길로 들어서는 담장 아래에 세 잎 클로버가 몸을 펼치고 있다. 모든 것들이 말없이 제자리에 충실하다. 그래서 아름답다. 평화롭다.

　나의 길도 여러 갈래다. 하고 싶지 않았던 며느리의 길이 부서지고 나니 아내의 길도 어머니의 길도 온전치 않다. 소쇄원의 풍경이 사람을 부르는 이유는 제각각의 길들이 바르게 자리하고 있기 때문이다. 물길이 제자리에 잡혀 있고 마당

길, 담장 길, 툇마루 길과 심지어 바람이 지나가는 길조차도 함부로 넘나들지 않고 제자리를 지키며 흐르는데 사람의 길이야 오죽하겠는가.

준비 없이 떠난 여행이라 우산도 없이 와 버렸다. 오랜만에 맞아보는 가벼운 비가 상쾌하다. 소쇄원의 맑고 깨끗한 기운이 내 안에 들어올 수 있게 몸을 씻어주는 것 같다.

지나쳐 버린 길을 되돌아가는 게 쉽지는 않다. 물길이 거슬러 올라가지 못하니 나는 오늘 맘껏 비를 맞고 세상에 찌든 몸이라도 설렁설렁 씻어내고 싶다. 뒤죽박죽 엉켜버린 내 안의 길이 오늘 문득 다듬어지지는 않을지라도 무너진 인간의 길, 자연의 길로 단장하고 싶어 나는 오래 툇마루에 앉았다.

녹

노루발이 부러졌다. 단단하던 쇠가 힘없이 몸체에서 떨어져 나갔다. 튼튼한 현관문을 지탱하느라 버거웠을까. 수년을 버티고도 끄떡없더니 사라지고 난 요즘, 작은 노루발이 없는 현관문을 열 때마다 나는 그 무게를 실감한다. 아마도 녹이 원인일 것이다. 이년 전, 온 집 안을 그을음으로 뒤덮었던 화재가 남긴 또 다른 상처인 것이 분명하다.

불길에 녹아내린 창틀과 검게 변해 버린 벽지를 뜯어냈다. 닦아도 제 색을 찾을 수 없는 가구도 버렸다. 이왕에 묵은 짐들을 버리고 나니 답답하던 집 안도 넓어졌다. 문제는 곳곳에 붙어있는 쇠로 된 장식이었다. 싱크대의 경첩과 방문마다 붙어있는 손잡이도 마찬가지였다. 전문가들이 와서 애를 쓰고 갔지만, 재해 앞에 한 번 무너진 색은 쉽게 원형을 찾을 수 없었다.

시간이 지날수록 녹은 짙어졌다. 그을음으로 산화하기 시작한 쇠는 공기에 노출되어 서서히 본연의 힘을 잃어가고 있었다. 못 자국이 있는 곳마다 붉은 꽃이 한창 피어나는 요즘, 녹슨 내 마음자리를 들킨 것 같아 힘없이 무너진 노루발 보기가 민망해진다.

초등학교 동창인 그녀와 여행을 계획했다. 힘든 일이 찾아올 때마다 밤을 새워 서로의 마음을 다독여 주던 사이였다. 친구는 몸이 닳아 휴식이 필요했고 나는 마음이 지쳐 일어설 기운이 필요했다. 직장을 그만둔 그녀는 결국 홀로 외국으로 갔다. 아직 어린아이 엄마의 자리를 핑계로 남아 있었지만, 마음은 자꾸 서글펐다. 그녀가 휴양지에 있는 동안에도 나는 여전히 현실에 갇혀 끙끙거릴 뿐이었다. 욕심일까. 더 높은 곳에서 세상을 내려다 보고 더 넓은 곳에서 마음을 비우고 싶었다. 내가 가진 한계가 느껴져 버거웠다. 아이들과 남편, 그리고 무엇보다 나 자신에게 더는 내어줄 수 없는 여유를 들여다보는 것이 싫었다.

내 몸이 일상에 젖어 녹이 슬고 있었다. 만만치 않은 세상을 이겨내기에 단단하지 못한 쇠가 되어 위태한 모습으로 서 있었다. 툭 치면 부러지는 녹슨 노루발처럼 불안했다. 표시나지 않는다고 멀쩡한 것은 아니다. 겉보기에 정상적인 나는 남들처럼 일어나 하루를 시작했다. 그러나 밤만 되면 거실에서 멍하니 있다가 푸석푸석한 아침을 맞곤 했다. 조금씩 나는 산화되고 있었다.

처음 불이 나고 수개월에 걸쳐 공사가 이루어졌다. 완전히 새집으로 바뀌었다고 좋아하며 그해 겨울을 났다. 치워도 끝이 없이 날리던 그을음을 몰아내고 투명한 창으로 햇빛이 쏟아지는 것을 보며 얼마나 행복해했던가. 대낮에도 암흑천지였던 집 안을 휴대용 전등을 켜고 쓸고 닦았으니 멀쩡하게 제 몫을 감당하고 있던 쇳조각이 눈에 들어올 리가 없었다.

화재가 수습되고 조금씩 제자리로 들어앉는 살림과 안정되어가는 아이들을 보며 모든 것이 회복되는 중이라 여겼다. 책임을 지고 돌보아야 하는 남편의 어깨가 가장 무거웠을 것이다. 좋아하던 운동을 쉬면서까지 몸과 마음을 쏟아 부었던 시간이 고마워 나 역시도 허투루 살림할 수가 없었다. 덕분에 짧은 시간에 눈에 보이는 많은 것들이 정상적으로 돌아왔다. 여러모로 아이들에게 여유로워질 수 있는 환경이 감사했다. 절벽 앞에 서면 어쩔 수 없이 엄마라는 이름이 앞서게 된다는 것을 알게 된 화재였다.

이 년째가 되자, 유독 붉게 모습을 드러내는 것들이 많아졌다. 시간이 지날수록 녹은 그 빛을 더해갔다. 발아래 있어 무심히 지나친 노루발도 마찬가지였다. 보이는 곳은 조심해서

다루었지만, 주로 발로만 마주치는 현관문의 노루발은 여태 견디어 온 것만도 대단하다 싶다. 부러진 조각이 구부러져 있다. 제 나름에 힘주어 지탱했을 육중한 현관문이 내가 감당한 세월 만큼 버거웠을 것이다. 조금씩 몸을 비틀어가며 지켜낸 녹슨 자국이 내 안에 스민다. 살다 보면 견딜 수밖에 없는 상황이 어디 이것뿐이겠는가. 한 번은 꺼내어 들여다보고 숨길을 내 주어야 하는 걸 몰랐다. 내 안에 감추어 둔 시간이 산화된 채 조금씩 드러나기 시작한 것도 마음보다 몸이 먼저 알았다.

너무 이르지도 늦지도 않게 나를 닦는 시간은 언제나 필요하다. 그녀와의 여행이 물거품이 되었지만 내 안의 녹을 닦아낼 방법이 아마도 있을 것이다. 제각기 주어진 삶을 여기저기 부대끼며 살아가려는 노력도 결국 녹슬지 않기 위해서가 아닌가. 여행을 다녀온 친구가 산티아고의 순례길을 제안했다. 멀지만 가고 싶은 길이다. 그 길 위에서 산화된 내 모습을 닦고 새로운 꿈을 꾸고 싶다. 조각난 시간과 꿈을 모아 산티아고의 길 위에 서 있을 나를 상상한다.

모양 좋고 튼튼한 것으로 노루발을 샀다. 나사를 조이고 나니 육중한 현관문이 작은 노루발 하나에 거침없이 멈춘다. 사이사이에 들어앉아 붉은 몸으로 박혀있는 못은 뺄 수 없지만, 조심스럽게 표면의 녹을 닦는다. 조금씩 변하긴 해도 그

속성을 잃지 않은 것들처럼 내 안의 녹슨 시간도 이제 윤기를 더해 갈 것이다.

굳은살

　번화가에 있는 식당에 자리를 잡고 앉았다. 무심결에 고개를 돌려 내려다보니 훤하게 드러난 발뒤꿈치에 가뭄 든 논처럼 갈라진 굳은살이 눈에 들어왔다. 굳은살 사이에 투실투실하고 허연 살이 낯설다. 세월 앞에 고스란히 드러난 모습을 보니 마음이 심란하다. 움직일 때마다 밀리는 방석을 끌어당겨 발을 숨긴다. 어느새 나는 이렇게 젊음을 잃어가고 있었다. 가만히 놔두어도 아름다운 꽃망울이 아니라 이제 시들어 가는 꽃인 셈이다.

　열한 살이 된 아들은 열심히 갈비탕을 먹는다. 젊음을 접어 두고 또 다른 세상을 향해 있는 나의 생 앞에 물오른 망울이 한창 여물고 있다. 내 몸에서 발아한 씨앗이 영글어 갈수록 나는 물기가 없는 무말랭이처럼 쪼그라들겠지. 말랑말랑하고 부드러운 아들의 인생이 눈부시다. 그곳을 딛고 세상을 향해 걸어 나올 아들의 발등이 포동포동하다. 발톱도 부드럽게 무르다. 발뒤꿈치의 선홍빛 피부에 지문처럼 젊음이 선명하게 그어져 있다. 투명하다. 살 속에 갇힌 혈액의 부드러운 회전이 어린싹을 조금씩 움트게 하는 것이 보인다.

건조한 바람을 이기지 못한 허연 각질도 마흔에 찍은 도장처럼 선명하다. 물기가 줄어든다는 것은 비워진 자리마다 질기거나 혹은 지저분한 흔적을 남기기 마련이다. 손끝에서 마른 살들이 일어나 까슬까슬하다. 매끄럽지 않은 지문과 지문 사이의 부딪힘도 날이 갈수록 격렬해진다.

나는 부드러워지고 싶다. 내 몸의 일부분인 발뒤꿈치가 문득 낯설게 느껴지거나 굳은살이 가득한 나를 마주하는 일은 이것 하나만으로도 충분하다. 저녁을 먹고 집으로 돌아오는 길에 가게에 들러 면도날을 샀다. 앞으로 나의 몸이 감당할 일들을 조금이라도 늦추기 위해 관리를 해야 한다. 뜨거운 물에 발을 담근다. 내 몸에서 떨어져 나가지 않고 '넌 늙었어. 이제 다 됐어.' 라며 승리의 웃음을 날리는 세월을 긁어내기 위해서다. 보드라운 맨살이 드러날 때까지 굳은살을 벗겨 내고 새 희망을 다시 심어야겠다. 지나간 젊음을 돌이킬 수는 없으나 굳은살을 용서하기엔 살아갈 날이 너무 많지 않은가.

남편과 아이들이 텔레비전을 보는 동안 뜨거운 물에 발을 담그고 열심히 굳은살을 긁어냈다. 부끄러움과 수치스러움이 공존하는 발뒤꿈치는 생각보다 두꺼웠다. 두세 번 벗겨내는 동안 힘이 너무 들어간 탓인지 결국 피를 보고 말았다. 거스를 수 없는 세월 앞에 용을 쓰다 보니 결국 상처만 남았다. 긁어낸다고 그 자리가 아들의 발뒤꿈치처럼 분홍빛으로 빛나지는 않는다. 아마도 그곳엔 또 다른 굳은살이 서서히 자리를 잡을 것이다.

내 몸에 박힌 단단한 살을 딛고 세상으로 나아갈 아이가 둘이나 있다. 상처 난 발뒤꿈치로 그들을 떠받치기엔 내 모습이 너무 불안하다. 아들을 위해 울퉁불퉁한 세상의 길을 꼭꼭 밟아 다져 놓으려면 아무래도 굳은살이 있어야겠다. 날이 선 면도날을 휴지로 둘둘 말아 휴지통에 던져 버렸다. 이제 젊음의 유혹에 흔들리지 않는 불혹의 자리에서 나는 굳은살의 두께만큼 질기고 단단한 생을 살아갈 것이다.

새처럼

창 너머에 새 한 마리가 머물러 있다. 바람 따라 춤을 추듯 부드러우면서도 자연스럽다. 잠시 후 큰 날갯짓을 하며 새는 파란 하늘 속으로 사라져 버린다. 맑고 푸른 하늘이 투명한 물빛으로 내게 다가온다.

아이들과 함께 가창에 있는 스파밸리에 갔다. 옷을 갈아입고 나오니 아들은 벌써 친구들과 어디로 갔는지 보이지 않았다. 구명조끼를 입고 물에 들어가자마자 파도풀이 시작되었다. 깊은 곳에 몸을 담그고 있던 나는 처음 타보는 파도 풀에 신이 났다. 그러나 조금씩 인공파도가 거세어지자 몸은 균형 감각을 잃어버리고 파도에 잠겨 버렸다. 콧속으로 입안으로 들어오는 물 때문에 사람들의 모습이 깜박거리는 컴퓨터의 커서처럼 보였다 사라졌다. 밖으로 나오려고 용을 쓸수록 밀려오는 파도에 몸은 자꾸만 깊은 곳으로 들어갔다. 안전요원이 나를 끌어내지 않았다면 거칠게 다가오는 파도 속에서 한참 사투를 벌였을 것이다.

한 시간 뒤 파도풀이 다시 시작되었다. 한번 혼이 나니 물에 들어가기가 두려웠다. 고민한 끝에 물의 흐름에 내 몸을 맡겨 보기로 했다. 옆에 편안히 누워 물 위에 떠 있는 사람도 보였다. 파도가 올라올 때 억지로 몸을 띄우려고 용을 쓰지 않고 파도에 몸을 맡겼다. 온몸에 힘을 빼고 보니 거짓말같이 내 몸이 파도의 흐름을 타고 오르락내리락하며 하나가 되었다. 물결을 거스르지 않고 함께 흔들리는 것이 살아남는 길이었다.

창공을 나는 저 새는 본능에 따라 공기의 흐름을 감지하고 있었을 것이다. 또한 날개를 펼치고 쉬어 가는 방법도 정확하게 알고 있었을 것이다. 새가 내 시야에서 한참 동안 사라지지 않고 머물렀던 이유였다.

중학생이 된 아들은 요즘 부쩍 반항기가 많아졌다. 잘 다니던 학원도 가지 않으려 하고 무슨 일이든지 우선 고집을 부린다. 가족끼리 분담해서 하던 주말 청소도 이유 없이 하기 싫다며 미루기 시작하더니 사소한 일에도 불편한 감정을 수시로 드러냈다. 아들과 나의 사이가 자꾸만 흔들리고 골이 깊어갔다. 소통의 흐름이 부자연스럽다 보니 나는 나대로 속이 타고 아들은 아들대로 힘들어했다. 스스로 계획하고 생각하도록 내버려 두려고 하니 조바심이 나서 견딜 수 없었다.

첫째를 향한 엄마의 욕심으로 지나치게 아이의 일을 간섭했다. 초등학교를 졸업하기까지 아이의 일거수일투족을 구속했다. 어린 나이에 엄마에게 하기 싫다는 말도 못하고 억지로 견뎌낸 시간이 사춘기에 접어들면서 감당하기가 힘들어졌을 것이다. 넓고 높은 창공으로 날아가기 위해 필요한 시간이었다. 그것을 무시한 나의 지나친 관심과 잔소리가 아이의 날개를 감싸고 있던 껍질을 서둘러 깨버리고 성급히 날아오르게 한 것은 아닌지 모르겠다.

욕심을 접고 아이가 원하는 길을 막지 않았더라면 좋았을 것을 때늦은 후회를 한다. 엄마 위주의 말과 평가가 아이에게는 얼마나 넘기 힘든 산이었을까, 생각하니 물에서 용을 쓰며 파도를 이기려 들었던 내 모습이 떠오른다. 그리고 엄마의 엇박자 같은 파도에 늘 침묵할 수밖에 없었던 아들의 상처가 하나둘씩 보이기 시작한다.

중학생이 되고 제법 시간이 흘렀다. 몇 번의 시험을 치르는 동안 아이는 일상생활과 성적에 대해 조금씩 생각을 세워가는 듯했다. 입도 귀도 눈도 닫고 보낸 일 년여의 시간이 나에게만 힘들었을까. 어느 순간부터 스스로 생각한 시간의 경계에 이르자 아들은 조금씩 제 할 일을 해내고 있는 듯하다.

고층 베란다에는 하늘을 나는 새도 보이고 창틀에 쉬어 가는 새도 보인다. 더 높이 멀리 날기 위해 잠시 머문 새가 아닌가. 좀 더 열심히 공부하고 알차게 시간을 보내길 바라는 마음에 이것저것 욕심을 낸 일이 창공을 향해 날아가려는 아들에게 아무런 도움이 되지 않았음을 뒤늦게 깨닫는다.

　나이에 맞게 충실한 아들을 뒤에서 지켜본다. 제 딴엔 쉬고 있는 몸짓이 나에게 안타까워 보여도 섣불리 간섭하지 않으며 날아가고 싶은 방향을 막지 않을 것이다. 스스로 선택하고 경험하는 모든 것들이 행복한 삶을 위한 밑거름이 될 것이기 때문이다. 제 힘으로 날아가는 법을 배워야 쉬는 법도 더 높이 나는 법도 깨우치지 않을까. 창밖의 새처럼 잠시 머물러 있는 아들의 몸짓이 비상할 날도 멀지 않았음을 믿는다.

땅콩 한 알

압력솥에 땅콩을 넣는다. 껍질이 살짝 벌어진 땅콩 한 개가 눈에 거슬린다. 벌어진 틈에 손톱을 넣어 벌려 본다. 깨알 같은 하얀 알들이 거미줄 같은 실에 엉켜 있다. 썩었다. 그것을 자양분으로 알들이 자라고 있다. 혹시나 해서 단단히 입 다물고 있는 땅콩을 갈라 속을 확인한다. 갈색 껍질에 둘러싸인 통통한 땅콩 알이 빽빽하게 제집을 지키고 있다.

오 년 전, 중학교 동창회가 있었다. 결혼 후 처음 만나는 친구들이다. 온종일 거울 앞에서 나름 멋을 내고 나간 자리에서 나는 깊은 좌절감에 빠졌다. 무슨 대회라도 나가는 것처럼 모두 멋있고 예쁘게 차려입었는데 나만 시골 아낙네의 모습처럼 초라했다.

이십 년 동안 모르고 살았던 서로의 삶을 보여주는 자리가 아닌가. 일주일 전부터 기다리며 옷장과 거울 앞에서 그토록 많은 시간을 할애했건만 결과는 참담했다. 세련된 친구들의 머리와 탱글탱글한 피부를 덮고 있는 화장술이 마법처럼 보였다. 아이들을 키우느라 나의 외모에 소홀했던 시간이 후회로 범벅되고 괜히 갔다는 자책감이 돌아오는 내내 머릿속을 맴돌았다.

친구들은 머리부터 발끝까지 완벽해 흠잡을 곳이 없어 보였다. 익숙한 손놀림으로 술잔을 주고받으며 스스럼없이 가무에 능한 모습을 보며 나는 자꾸만 움츠러들었다.

적어도 나보다는 잘 살아온 것 같았다. 중학교 이후로 한 번도 볼 수 없었던 친구들은 내가 깰 수 없는 세상의 또 다른 벽처럼 크고 두꺼워 보였다. 서른 중반에 바라본 친구들의 모습은 잘 여문 땅콩 껍질 같았다. 아무렇지도 않은 척 웃으며 구석 자리에서 나는 마른 침만 삼키고 있었다.

결혼하면 당연히 이렇게 살 줄 알았던 아내와 엄마의 역할이 순식간에 무너져 버렸다. 우물 안의 개구리처럼 살아온 모습을 제대로 들여다보게 된 것이다. 열심히 살았고 아이도 잘 키웠다는 어설픈 변명이 더는 나를 일으켜 세울 수 없었다. 결혼 후 십여 년이 흘렀지만, 어느 곳에도 당당한 나는 없었다. 보이는 모습뿐 아니라 내면조차도 부실하여 내 삶은 금방이라도 바스러질 것 같았다.

살림만 하던 나는 면접을 보았고 가정과 사회생활을 병행하는 엄마가 되었다. 일을 갖는 것은 스스로 껍질을 뚫고 나와야 하는 자신과의 싸움이었다. 허물을 벗고 울타리 밖의 세상과 부딪치면서 조금씩 단단해졌다. 고여 있던 것들을 끄집어내고 나니 세상사는 방식에도 천천히 익숙해졌다. 몸과 마음이 함께 달려야만 온전히 설 수 있음도 배웠다.

압력솥에서 삐삐거리는 소리가 들린다. 땅콩을 좋아하는 남편이 껍질을 까서 알맹이를 먹는다. 단단한 껍질을 벗겨내고 보니 가끔 그 안에서 말라비틀어진 알맹이도 나온다. 겉이 멀쩡해도 안에서 잘 자라지 못하고 죽은 땅콩이다. 그렇다고 삶기 전에 다 껍질을 깨서 알맹이의 상태를 확인할 수는 없다. 열어보니 괜찮은 놈도 있고 벌레 먹은 놈보다 더 심하게 썩은 것도 있다. 아예 알맹이는 자라지도 않고 껍질만 멀쩡하게 버티고 있는 놈도 있다.

어느새 연말이다. 친구들이 보고 싶다는 동창회의 문자가 날아왔다. 오 년 전 느꼈던 감정은 아마도 이 땅콩 껍질 같은 것이 아니었을까. 겉모습에 열중하느라 중요한 내면을 들여다보지 못하고 그냥 돌아와 버린 발길은 아니었는지. 어쩌면 서로에게 보여주지 못한 썩은 땅콩 알 같은 삶이 드러난 화려함 뒤에 있는지도 모르겠다. 이왕이면 겉도 속도 알차게 여문 든든한 땅콩 한 알이 되고 싶다.

사람 살아가는 일이 다 거기서 거기라는 걸 진작 알았더라면 얼마나 좋았을까. 그들도 내보이고 싶지 않은 인생살이가 있지 않았을까. 내가 먼저 껍질을 깨고 나면 친구가 편안히 내게로 다가올지도 모를 일이다.

낡은 옷

아직도 꿈속인가 보다. 밤 근무를 마치고 퇴근하는 남편에게 차려준 아침상이 퇴근하고 보니 아직도 그대로다. 식탁 위에 말라붙은 밥알들이 그릇 안에서 건조한 모습으로 나를 기다린다. 가을이 깊어지니 밤도 깊다. 저녁 일곱 시에 준비하는 식사 시간이 마음을 조급하게 한다. 뜨거운 물로 빈 그릇을 채운다. 쌀을 씻고 국을 준비하는 동안 부드러워진 밥풀과 양념 찌꺼기들이 순식간에 씻겨 내려간다. 흐르는 물줄기처럼 오늘도 바빴던 하루가 저문다.

달그락거리는 소리에 잠이 깬 남편이 거실로 나왔다. 제멋대로 뻗은 머리카락과 푸석한 얼굴을 보니 식탁 위의 빈 그릇 같다. 말라붙은 밥알들과 양념 찌꺼기 같은 모습의 남편이 밝은 형광등 불빛에 눈살을 찌푸린다. 온몸에 물기 하나 없이 건조해 보이는 남편이 측은하다.

　욕조에 가득 뜨거운 물을 담는다. 남편은 밤 근무를 하고 오는 날이면 종일 잠 속에 빠진다. 겨울잠 자는 개구리처럼 웅크리고 자는 모습에 연민이 간다. 독이 든 사과라도 먹고 잠든 것처럼 시간이 길어질 때마다 흠칫 놀라 숨소리를 확인하기도 한다. 중년의 남편 앞에서 세월은 그렇게 몸을 앞세우고 마음을 앞질러간다. 식사를 마치고 남편은 욕조로 향한다. 뒷모습이 조금씩 내려와 있다. 모양새 나던 어깨도 탱탱하던 엉덩이도 젊음을 비껴가 있다. 유난히 흰 피부에 거뭇한 점들이 확연히 드러나 보인다.

　씻으러 들어가는 모습이 영락없이 빈껍데기다. 각질이 일어난 마른 몸은 건드리면 바스러질 것 같다. 함께 했으나 자세히 들여다보지 못했던 세월을 고스란히 담은 남편의 뒷모습이 나의 마음을 자꾸만 기울게 한다.

　이제 나도 다 됐다는 말이 벗는 옷과 함께 힘없이 바닥으로 떨어진다. 벗어 놓은 옷이 낡았다. 색도 바랬다. 조금만 힘을 주면 찢어질 것 같은 옷을 주워들었다. 부드러운 느낌이 손끝에 와 닿는다. 낡고 빛바랜 옷을 만져보니 새 옷이었을 때의 뻣뻣함은 사라지고 만지는 모양대로 천이 축축 늘어져 내 피부에 편안히 감긴다.

　낡은 옷은 중년의 부부 같다. 남편과 나의 십오 년쯤 지난 결혼 생활같다. 이제 제법 부딪치고 난 뒤 조율을 끝내고, 잔고장 한두 번쯤 나지만 서로에게 익숙해진 모습이라고나 할까. 파릇파릇하고 의욕 넘치던 이십 대의 모습은 보기에도 싱싱함이 넘쳐났다. 갓 잡아 올린 등 푸른 고등어처럼 날마다 파닥거렸다. 물오른 봄날, 버드나무의 가지처럼 생기가 넘쳤다. 그러나 그 생기로 인해 굽힐 줄 모르고 양보할 줄 몰라 생채기도 많았다. 서로의 삶 속에 너무 깊이 간섭하면서 마음을 다치기도 일쑤였다. 서로 배려하기보다 상대를 자기에게 맞추려고 오기를 부렸다. One way가 아니라 My way를 고집한 결과였다.

내 것과 네 것이 늘 대립하면서 서로 손해 보지 않으려고 애쓰다 보니 하나가 아니라 둘인 삶이었다. 나를 버리고 색이 섞여버리면 내가 사라질까 봐 두려웠다. 빨강과 노랑이 섞이면 또 다른 주홍의 아름다움이 나온다는 걸 깨닫기까지 십오 년의 세월이 흘렀다.

이미 우리는 부부라는 이름으로 조금씩 서로에게 맞춰지고 있었던 것 같다. 눈 흘기고 속상해 하며 보낸 세월이 그냥 흘러간 시간이 아니었다. 벽돌과 벽돌 사이의 시멘트 역할을 하며 강풍을 막아내는 단단한 버팀목이 되었던 거다. 늘 맞닿아 있어 작은 틈만 있어도 끊어질 것 같았는데 들여다 보니 남편과 나 사이를 연결해 놓은 견고한 접착제들이 이제야 눈에 보이기 시작한다.

팽팽하게 맞선 기운들이 조금씩 사라지면서 중년의 언덕에 섰다. 함께한 세월의 바퀴에 나도 닳고 남편도 닳았다. 닳아 버린 헌 것이 때로는 꼭 맞춘 틀니처럼 편안할 때도 있음을 보여 주려는 걸까. 나 이제 당신 손에 감기는 속옷처럼 색은 바래고 낡았어도 제법 편안하지 않으냐고 물어 오는 것 같다. 백 마디의 말로 감정을 표현하던 젊은 날보다 오늘 내 손에 감기는 속옷이 마음을 더 깊게 울린다.

식탁 위에 남편이 먹고 간 빈 그릇을 든다. 더 마르기 전에 뜨거운 물로 그릇을 씻는다. 선반 위에 포개어진 그릇에서 윤기가 난다. 씻고 나니 깨끗하고 정갈하기 그지없다. 같은 모양의 그릇들이 어긋나지 않고 포개어져 편안하게 물기를 털어내고 있다.

반신욕으로 쉬었다 나온 남편의 몸에 스며든 물기 탓일까. 한결 편안해진 모습의 남편이 내 눈에 다행스럽다.

낡고 바래었으나 그 어느 때보다 부드러운 속옷 같은 느낌으로, 매일매일 그릇의 찌꺼기를 씻어내는 마음으로 산다면 남편 곁에 편히 머무를 수 있지 않을까. 잘 포개어져 내일을 기다리는 밥그릇처럼 남편의 휴식이 나에게도 조금씩 포개어진다.

유전

삼부자가 현관문을 빠져나간다. 나는 그들의 뒤에서 엘리베이터의 문이 닫힐 때까지 배웅한다. 돌아서니 허물 벗듯 놓여 있는 옷들이 눈에 들어온다. 화장실 앞에서 작은방, 큰방을 거쳐 주섬주섬 널려 있는 세 남자의 껍데기들을 모은다. 아직도 남아 있는 남편의 체취와 담배 냄새, 세수하다 젖어버린 아이들의 옷소매가 익숙하다. 특히 큰 아이의 젖은 속옷이 아무래도 나에게 또 하나의 일을 만들어 준 듯하다.

어린 시절, 언제부턴가 잠드는 것이 두려웠다. 그토록 찾아헤매도 번번이 놓쳐 버린 꿈속의 화장실은 공포 그 자체였다. 이리저리 뛰어다니다 겨우 찾은 화장실 안은 꼭 누군가 있었다. 참고 참다 결국 허름한 장소에서 시원하게 볼일을 봤을 뿐인데 새벽녘이면 어김없이 언니의 잔소리를 들으며 마루

끝에서 축축한 팬티를 입은 채 울고 있어야 했다.

사춘기 시절의 언니는 자기만의 방이 갖고 싶었을 것이다. 그래서 밤새 라디오의 사연을 들으며 시골에서는 누릴 수 없는 문화생활을 꿈꾸었을 것이다. 오줌싸개 동생 때문에 마음껏 행복할 수 없었던 언니에게도, 말도 못하고 주눅이 들어야 했던 나에게도 그 시절은 힘들고 괴로웠었다. 이상한 일은 거의 매일 요에 실수를 했지만, 어머니는 단 한번도 나에게 키를 씌우고 소금을 얻으러 보낸 적이 없었다.

초등학교 4학년 무렵이었다. 그 날은 친구네 집에서 하룻밤 자도 좋다는 허락을 받고 종일 신이 났다. 수업을 끝낸 토요일 오후, 친구들과 십리 길을 걸어 도착한 그 집에는 고운 미소를 지닌 어머니가 맛있는 간식과 저녁을 준비해 주었다. 평소 마시기 힘든 음료수도 올챙이배가 될 때까지 먹었다. 외동딸인 친구의 방에 향이 가득한 이불이 펼쳐지고 밤늦도록 까르르 대며 웃다가 어느새 잠이 들었다. 문살 틈으로 새어 들어오는 빛이 아직도 어슴푸레한 새벽에 눈을 뜬 나는 망연자실했다. 미처 챙겨오지 못한 속옷과 이미 장황하게 그려진 지도 앞에서 사면초가가 되어 버린 것이다. 나의 의지로 도저히 어찌할 수 없는 잠버릇 때문에 친구들과의 즐거운 잠자리는 그 날 이후 추억 속으로 사라져 버렸다. 어느 순간부터 실수하는 버릇이 점차 사라졌지만 그 날의 충격은

째 오랫동안 나의 생활을 구속하였다.

대학생이었을 때다. 결혼한 언니가 둘째 조카 출산을 앞두고 입원하였다. 유치원에 다니는 큰 조카의 뒷바라지를 위해 나는 언니네 집에 며칠 머물게 되었다. 아침마다 조카를 깨워서 씻기고 밥을 먹이는 일쯤이야 쉬웠다. 그러나 청소에 빨래까지 보태고 나니 딴엔 놀고먹던 몸이 고단했던지 몸살이 나버렸다. 푹 자고 나면 나을 것 같아 약을 먹고 일찍 잠든 것이 화근이었다. 어이없게도 나의 마지막 실수는 그 해, 성인식을 치르고 나서야 끝을 맺었다.

큰 아이가 이상하게도 그 버릇을 닮았다. 인터넷으로 이런저런 정보를 수집하며 이유를 알아보기도 하였다. 동생 때문에 해가 갈수록 아이도 주눅이 드는 것 같았다. 처음 아이의 실수를 접한 날, 나의 어린 시절의 고백에 박장대소를 하던 남편이었다. 여태 무심하게 젖은 이불을 보던 남편이 어렵게 말문을 열었다. 고등학생이 되어서도 밤만 되면 힘들었다는 남편의 마지막 말은 무거운 나의 등짐을 홀가분하게 했다.

아들의 실수가 외계에서 생겨난 게 아니라 제 어미, 아비의 핏줄이라 어쩔 수 없는 것이라는 생각이 들었다. 분명히 그 이유일 것이라고 믿고 싶었던 것도 지친 내 생각에 종지부를 찍고 싶어서였다. 이쯤 되니 마음이 한결 가벼워졌다. 그날따라 요에 그려진 세계지도가 제대로 모양도 갖춘 듯했다.

오늘도 나는 얼룩진 이불을 세탁기에 넣는다. 윙윙거리며 신나게 돌아가는 소리가 들린다. 세탁기가 없던 시절에 속옷과 이불을 빨며 어머니는 어떤 생각을 하셨을까. 정보를 공유할 인터넷도 없던 시절에 나의 악몽을 깨우기 위해 아버지는 어떻게 하셨는지 궁금하다. 혹시 당신의 유년 시절을 떠올리며 매일 나를 바라보지는 않았을까.

글향

    양손에 가득 짐을 들고 현관문을 열었다. 시골에서 가져온 짐을 내려놓기도 전에 코끝에 향이 감기어 온다. 나도 모르게 깊은 숨을 들이킨다. 집 안 구석구석에서 뿜어져 나온 향기가 내 앞으로 자꾸 모여드는 것 같다. 정체를 찾아 신발을 벗고 두리번거린다.

    지난여름, 친구의 홈페이지에서 모기를 쫓아낸다는 식물을 보았다. 낯선 이름을 쪽지에 적어 지갑에 넣어 다녔다. 한가한 주말에 꽃집을 찾아 나설 계획이었다. 애용하던 분무 모기약이 농약 성분이라는 뉴스를 접하고부터 선뜻 손이 가지 않았던 때였다. 주변에 야트막한 산이 있어서인지 고층임에도 불구하고 해마다 여름이면 모기떼가 극성을 부린다. 방충망을 비집고 들어오는 날벌레들은 얼마나 많은지 베란다의 거미들은 아무래도 다이어트 중인 듯했다.

야래향과 구문초 그리고 페니로얄민트 화분을 샀다. 늘 열어두는 베란다 창문 앞에, 아이들 방에 화분을 옮겨 놓았다. 밤이 되면 '모기야 와라.' 노래를 부르며 거실을 활보했다. 천연 모기약이 수문장처럼 버티고 있으니 모기란 녀석 겁먹고 들어올 생각도 못 할 것이다. 아이들도 속옷 바람으로 집안 곳곳을 누비고 다녔다. 아침과 저녁으로 잎을 키워내는 식물에 흐뭇한 웃음을 날리며 열심히 물을 주었다. 식물들은 믿음을 갖고 정성을 쏟는 나를 배반하지 않았다. 한여름을 거뜬히 이겨내고도 잎은 무성해져 갔고 예쁜 꽃을 피워냈다.

차가운 가을바람을 피해 거실로 옮겨 놓은 야래향에서 하얀 꽃들이 춤을 추고 있다. 아마도 저 녀석들이 오늘 밤의 범인인 것 같다. 주인 없는 틈을 타 향연을 즐기고 있었나 보다. 절정의 순간에 나는 그들의 파티에 초대된 것이다. 짐을 부려 놓고 코끝을 대고 킁킁거린다. 싱싱한 꽃들이 자꾸만 향기를 내뿜는다. 아무리 마셔도 취하지 않는데 마음은 한 뼘씩 공중으로 떠오른다.

요즘 나는 글 나무 한 그루를 심었다. 잘 키워보고 싶어 열심히 읽고 쓰고 생각한다. 자음과 모음을 섞어 모양을 내는 작업을 하느라 새벽을 넘기기도 예사다. 가꾸는 만큼 자라는 것이 보이지 않아 마음이 조급해지기도 한다. 소박한 내 삶의 이야기도 놓치지 않는다. 그러나 성급한 마음은 제때를 기다리지 못하고 날마다 코를 킁킁대며 나무를 들여다본다. 아직 잎 하나 제대로 달지 못하고 있지만 나는 여태 속절없이 반복하는 중이다.

일주일이 지났을까. 진하게 향을 뿜던 야래향의 하얀 꽃들이 하나둘씩 지기 시작했다. 손바닥 만큼 커진 잎도 이내 누렇게 색이 변하더니 힘없이 떨어져 내렸다. 꽃과 잎이 사라진 줄기는 황량했지만, 일주일 전의 감동과 진한 향기만은 아직도 내 안에 살아 있다.

화려한 날들은 짧았으나 기다림의 여운은 깊이 남았다. 밤마다 마주하는 글자들이 쌓여 갈수록 미약하나마 나의 글 나무는 조금씩 뿌리를 내리는 것 같다. 아주 오랜 시간을 기다려야 할 것 같으나 이제 차분히 견뎌낼 수 있을 것도 같다. 기다린 끝에 꽃을 피우는 일은 순식간의 일이란 걸 야래향의 생을 통해 알았으니.

코끼리의 노래

　노래를 한다. 긴 코를 펄럭일 때마다 끼룩거리며 태산 같은 몸을 흔든다. 그 많던 종족을 떠나보내고 멸종의 문턱에 선 라오스 코끼리, 벌목에 없어서는 안 되는 민족의 생계 수단, 뒷다리보다 더 뚱뚱하고 긴 통나무가 진흙을 가르며 뒤따른다. 네 개의 다리로 버티는 코끼리의 노래는 통나무의 무게만큼 무겁다. 숲 속에 울려 퍼지는 소리는 넝쿨째 구르며 푸른 나무 사이를 오간다. 덥고 습한 삼림의 한가운데서 마지막 힘을 다하는 코끼리를 보며 너의 노래를 듣는다.

　푸른 바다가 펼쳐진 고향에 들어선다. 바다의 문을 열면 초록의 무성한 순을 뚫고 노랗게 익어가는 참외가 있다. 오월의 태양이 파란 비닐을 뚫고 열기를 모아 내게 달려든다. 나면서부터 자라는 동안 지겹도록 내 청춘의 시간을 빼앗아 간

비닐하우스의 풍경이다.

　나는 참외 농사를 짓는 성주에서 태어났다. 몇 년 전부터 '별빛 축제'라는 추억 여행이 슬로시티 행사로 해마다 열리고 있다. 지자체의 발 빠른 상업주의가 만들어 낸 문화 앞에서 늙고 힘없는 토착민의 생활은 정작 표면에 드러나지 않는다. 자본주의 시대에 살아남기 위해 발목에 힘을 주는 사람은 지역민이 아니라 오히려 외부인이다. 농사만 짓던 몸에 생긴 주름 만큼 흘러간 세월이 그 이름 앞에 너무 가볍다. 또한, 오래전부터 터전을 일군 그들에게 축제의 별빛은 마치 딴 세상 같다. 그래서인가. 이맘때면 생각나는 친구가 있다. 그녀는 아직도 어머니의 곁을 떠나지 않고 홀로 별빛을 보며 고향의 밤을 지키고 있다. 라오스의 코끼리가 더 슬퍼 보이는 이유다.

　삶의 경쟁이 도시에만 있을까. 땅만 보고 살아온 농사꾼에게 자본의 힘은 조류인플루엔자처럼 빠르게 번져갔다. 젊은 사람들이 배우고 깨달은 농사법이 비밀문서처럼 떠돌자 늙은 부모는 한숨만 늘었다. 아직도 장가를 못 간 막내, 부모의 등뼈를 이어갈 외아들의 살림 밑천이 모이지 않았다. 결국, 목숨처럼 쥐고 있던 땅을 팔아 집을 사 주고 동생이 한집안의 가장으로 자리를 잡고서야 염려하던 걱정을 놓을 수 있었다.

　우리 집만 그럴까. 1남 4녀의 장녀인 친구는 동생들에게 먼저 살 길을 내어주고 아직 별빛이 흐르는 성주의 하늘 아래 살고 있다. 이슬이 땅에 닿기도 전에 하루를 시작하는 친구의 모습은 언제부턴가 내게 라오스의 코끼리처럼 슬프게 다가온다.

일 년에 한 번, 코끼리는 가장 좋은 옷을 입고 축제의 주인공이 되어 마음껏 먹고 즐긴다. 생계를 책임지는 코끼리에 대한 예의다. 기쁨의 함성을 지르는 소리가 울려 퍼진다. 노동의 대가를 충분히 지불받은 자의 노래다. 내일이면 밀림으로 돌아가 습지를 헤쳐야 하지만, 축제는 오늘 코끼리의 몫이다. 코끼리의 노래가 흥겨울수록 나는 슬프다. 고향의 품에서 친구의 노래는 아직 별빛에 닿지 못한다.

그녀는 참 무뚝뚝하다. 마음에도 없는 웃음은 절대 띄울 줄 모르는 친구다. 별은 날마다 단장하고 꾸며서 빛나는 게 아니라는 걸 알지만, 젊은 날 화장도 않는 친구에게 투덜대고 옷차림에 신경 쓰지 않는 것이 싫어 잔소리도 했다. 정말 좋은 이십 대에도, 한창 좋을 삼십 대에도, 웬만큼 여유로워도 될 사십 대에도 친구는 한결같다.

열어놓은 창문으로 거름냄새와 함께 후덥지근한 열기가 피어오른다. 스물일곱의 나는 결혼과 함께 고향을 떠났다. 지겹도록 내 등허리를 짓눌렀던 고랑을 누비지 않아서 좋았다. 새벽이면 참외밭에 나가 참외를 꺼내 씻고 상자에 담는 일이 너무 고되고 힘들었다. 일한 만큼 넉넉하지 않은 부모님의 형편도 속이 상했다. 친구는 맏이라는 자리를 지키며 아직도 그 일을 계속하고 있다.

그토록 떠나고 싶었던 동네가 이제 명절마다 기다려지는 고향이 되어버렸다. 많이 변해 버린 모습이 때로 낯설게 다가오기도 한다. 도시에서 또 다른 방식의 삶을 살아가는 나는 가끔 회귀본능처럼 귀농의 풍경을 상상한다. 생계를 떠난 시골은 평화롭다. 거름 냄새도 추억이다. 내 발목에 매여 있던 생계의 통나무를 끊어버리고 지금 나는 얼마나 가벼운 직립보행 중인가.

거실에는 봄바람에 날아든 송홧가루가 가득하다. 봄밤은 조금씩 깊어가는데 변덕스러운 날씨에 참외꽃이 냉해로 죽어버렸다는 친구의 전화를 받았다. 친구는 아직도 슬픈 노래를 부르는 중이다. 화장기 없는 얼굴로 마른하늘의 별을 올려다보고 있을 친구에게 축제의 날이 오기는 할까. 새롭게 한 해 농사를 준비할 친구에게 내가 해 줄 수 있는 것은 아무것도 없다. 단지 걸레를 들고 한참을 엎드려 미처 닦아내지 못한 책상과 장식장 아래의 숨은 송홧가루를 닦을 뿐이다. 아직도 통나무를 뒷다리에 묶은 채 진흙을 헤치고 있는 코끼리의 슬픈 노래를 들으며.

3 부

남편의 신발

내 몸에 비늘

가렵다. 차갑고 건조한 겨울 날씨가 피부를 괴롭힌다. 목욕할 때가 되었다. 습기를 잔뜩 머금은 욕실에서는 물기를 털어내자마자 피부의 반란이 시작된다. 마지막 물기를 닦아내기도 전에 건조해지는 얼굴과 팔다리에 로션을 바른다. 차가운 공기에 이미 노출된 피부는 아무리 공을 들여도 제 모습을 찾기가 어렵다. 잠시 후 급하게 바른 얇은 막을 뚫고 가려움이 슬금슬금 피부를 공략한다.

내 몸에 들러붙어 겨울을 나려고 하다니 용서할 수 없다. 팔과 다리뿐 아니라 허리와 뱃살에도 서서히 비늘을 키우고 있다. 새로 산 목욕 수건과 문지르기만 해도 벗겨진다는 비누를 들고 목욕탕으로 향했다. 김이 무럭무럭 피어나는 탕 안에는 나보다 앞서 들어간 사람들이 온몸에 물기를 흡수하는 중이다.

그들에게 거칠고 생기 없는 얼굴은 간데없다. 탱글탱글한 얼굴에 윤이 나는 피부로 탕 안을 활보하고 있다. 군데군데 바스락거리며 붙어있는 내 몸의 비늘을 얼른 물속으로 감춘다. 겨울만 되면 절대 강자로 군림하던 비늘은 어느새 사라졌다. 정확히 말하면 물의 무늬에 조금씩 흔들리며 휴식을 취하는 중일 것이다. 수면에 둥둥 떠다니는 부유물이 그 증거다.

일상에서 만든 온몸의 비늘을 떼어내려고 용을 쓰는 여자의 얼굴이 붉게 달아올랐다. 언제부터 저러고 있었을까. 다리의 비늘을 떼어내는 걸 보면 아마 거의 마무리 작업 중이지 않을까 싶다. 미끈하게 잘 빠진 모양으로 보아 어쩌면 그녀가 가장 공을 들이는 부위가 다리일지도 모르겠다. 가장 먼저 비늘을 달기 시작하는 곳이 다리이고 보면 사람과 물은 떼어낼 수 없는 관계가 아닐는지. 열 달 동안 살아야 하는 엄마의 뱃속도 실은 양수의 바다가 아닌가. 또한, 지상에서 잘 살아가려면 70%의 물을 몸에 지니고 있어야 가능한 일이다.

적당히 몸을 불리고 나오니 피부에서 김이 난다. 자리를 잡고 앉아 나도 비늘을 긁어낸다. 끝없이 밀려 나온다. 누가 볼까 봐 얼른 물 한 바가지로 떠내려 보낸다. 얼마나 많은 사람이, 사람으로 살기 위해 때를 밀어왔던 몸인가. 오래도록 씻지 않으면 비릿한 냄새가 나는 이유도 어쩌면, 저 비늘이 끝내는 온몸을 덮어버려 다리가 지느러미로 변하고 허파가 아가미로 변해 버리려고 그러는 건 아닐까.

벌겋게 달아오른 얼굴이 땀범벅이다. 숨쉬기가 힘들다. 아직 남아있는 비늘의 아우성처럼 몸은 자꾸만 물을 찾는다. 끝장을 내리라 마음먹은 손에 힘이 풀리고 찰박거리며 넘쳐흐르는 냉탕으로 몸을 던진다. 머리부터 발끝까지 담그고 유유히 앞으로 나아간다. 꼬리뼈의 줄기를 타고 지느러미 하나 자라나는 중인지 오늘따라 물결이 부드럽다. 물속에서 기지개를 켠다. 한잠 푹 자고 일어난 상쾌한 날처럼 직선으로 펼친 발끝에서 물방울이 싱싱하게 튀어 오른다. 바다의 물고기가 꼬리에 힘을 실어 흰 거품을 일으키며 파닥거리는 것처럼.

듀공이라는 포유류가 있다. 헤엄치는 뒷모습이 사람과 닮은 까닭에 반인반어의 인어공주를 탄생시킨 주인공이다. 새끼를 낳고 젖을 먹이며 허파로 숨을 쉬는 것이 포유류지만, 듀공을 비롯한 몇 종족은 아직도 바다에 살고 있다. 가끔은 육지에서 그 몸을 일으켜 기억을 찾아 발버둥을 치지만 결국 그들은 바다로 돌아간다. 어류도 아닌 것이 바다에 살고, 포유류이면서 육지에서 온전히 살아내지 못하는 불쌍한 존재다. 물이 없으면 살 수 없지만 온전한 물에서도 살 수 없는 포유류인 나는 기억을 찾아 발버둥치며 비늘을 키우고 있는 꼴이다. 한때 듀공처럼 푸른 바다를 떠다녔을지도 모를 추억을 찾아서 말이다.

오늘따라 물길이 부드럽게 열린 것도 어쩌면 미처 벗겨 내지 못한 몸의 비늘 덕분인지도 모른다. 비린내를 지워버리기 위해 단단히 무장하고 나선 길이었다. 숨겨진 포유류의 본성을 확인하지 못하고 비늘을 먼저 벗겨낸 것이 아쉽다. 그 많은 것들을 온몸에 지니고 잠수를 했더라면 물속 어딘가에 있을 듀공을 만날 수 있지 않았을까. 혹시 아는가. 내가 인어공주가 됐을지도.

미끈거리는 몸을 이끌고 들어온 여자가 미친 듯이 물장구를 친다. 그녀에게도 있었을, 잃어버린 기억을 찾으려는 듯 몸을 최대한 펴고 앞으로 나아가려 하지만, 그녀에겐 한 점의 비늘조차 남지 않은 듯하다. 자꾸만 무게중심을 잃고 물속으로 꺼지는가 싶더니 두 발로 바닥을 딛고 서툴게 일어선다.

가파른 바위섬에 올라 지느러미를 흔들며 숨을 쉬는 포유류 무리를 본 적이 있다. 그 짧은 호흡을 푸른 허파에 담아 깊은 바다로 돌아가는 이유를 잊어서는 안 되나니. 퇴화해 버린 팔다리의 흔적을 가지고도 행복한 바다의 포유류처럼, 나는 행복한 땅의 포유류, 아직은 기억하는 내 몸의 흔적, 아직은 남아있는 내 몸에 비늘.

불놀이

불길이 바람을 타고 솟구친다. 놀란 아이가 소리를 지르며 달아난다. 마당의 마른 잔디를 뜯어 일으킨 불은 순식간에 사라지고 공중에는 재가 떠다닌다. 생솔가지를 태우기에 어림없는 불씨지만, 아이는 또 마당의 마른 잔디를 뜯으러 간다. 안방에서 손주들이 노는 모양을 지켜보던 아버지가 드디어 마당으로 나왔다. 뒷마당에서 제법 굵은 통나무와 좋은 땔감을 한 아름 들고 와서는 사그라지는 불씨 위에 올리고 부지깽이를 몇 번 뒤적이자, 거짓말처럼 불이 살아났다. 불씨를 살리느라 연기와 싸움을 하던 아이의 웃음과 할아버지의 깊은 주름 사이에 불이 만든 그림자가 얼렁거리며 춤을 춘다.

새해가 되자 다섯이나 되는 형제·자매들이 남편과 아내,

그리고 자식을 앞세우고 시골에 왔다. 적막한 시골집에 훈기가 돌고 웃음이 넘친다. 오늘처럼 식구들이 몰려올 때면 엄마는 추어탕이나 단술을 만들었다. 펄펄 끓는 솥단지가 걸린 뒷마당의 풍경을 본 걸까. 마당 한쪽에 염소를 들여다보고 토끼풀을 주며 놀던 아이들이 돌을 주워와 아궁이를 만들었다. 보기에 허술하지만, 딴엔 공사라도 하는 듯 제법 신중하기까지 하다. 각자 역할 분담을 하여 분주히 움직이는 모습이나 마른 연기에 콜록거리는 모양이 낯설다. 도시 생활에 길든 탓에 컴퓨터 앞에 앉아 게임만 하던 아이들이다. 오늘은 사촌끼리 북적거리며 불놀이하는 맛이 인터넷 세상보다 나은 모양이다.

괜히 나조차 신이 났다. 엄마의 누빔 바지를 입고 본격적으로 아이들 놀이에 가담했다. 은박지에 고구마를 싸서 불 속에 밀어 넣고, 겨울 땔감으로 구해 놓은 것을 엄마 몰래 가지고 와서 불을 키웠다. 쌀쌀한 시골 날씨는 해가 넘어가자 더 추워졌지만, 아이들의 불놀이 재미는 시간이 지날수록 더해만 갔다. 나는 엄마의 겨울 땔감을 조금씩 축내고 있었다. 아이들은 새로운 게임에 빠진 것보다 더 흥이 나서 불을 뒤적이며 마당을 뛰어다녔다. 놀이라는 것은 이렇게 신이 나는 것이다. 저녁마다 군불을 때던 그때 그 시절의 나는 이렇게 신이 나지 않았다.

대가족이 살던 어린 시절은 가마솥이 걸린 아궁이만도 세

개나 되었다. 밥하는 아궁이, 소죽 끓이는 아궁이, 그리고 아웅다웅 언니들과 함께 생활하는 작은방 아궁이였다. 안방 아궁이는 항상 정갈했다. 새벽마다 밥을 하고 국을 끓이는 분주한 곳이었지만, 엄마의 부지런함이 가장 먼저 드러나는 공간이기도 했다.

문제는 작은방 아궁이였다. 구들장이 내려앉았는지, 바람만 불면 굴뚝으로 나가야 할 연기가 아궁이로 밀려 나와 눈물이 마를 날이 없었다. 그럴 때마다 엄마가 나섰다. 부지깽이로 몇 번 아궁이를 휘젓고 나면 거짓말처럼 연기가 사라지고 붉은 불길이 활활 타올랐다. 해마다 겨울이 되면 군불 넣는 일이 싫었다. 아이라서 얕잡아 보나 싶어 나름 애를 써서 불씨를 살려도 이내 매캐한 연기에 도망치는 건 나였다.

아이에게 추억을 남겨 주자는 이유로 엄마 몰래 땔감을 가지고 나왔지만, 사실은 불길을 살릴 자신이 없기 때문이다. 연기가 매워 콜록거릴 때 보란 듯이 연기를 잡아 불길 속에 사라지게 하였던 당당한 모습을 내 아이들에게 보여줄 수 있을지 자신이 없어서다. 잘 말라 가벼운 땔감을 듬뿍 넣고 입으로 분다. 아이들도 고개를 옆으로 돌리고 입김을 보탠다. 무조건 불기만 하니 센바람에 불씨가 공중으로 날아간다. 어릴 적 불씨 살리는 나의 입김이 저랬지 싶다.

은박지에 둘둘 말은 고구마를 꺼내 먹는 아이들을 보니 소죽 끓이던 아궁이 앞의 할아버지가 생각난다. 할아버지는 고구마뿐만 아니라 옥수수, 콩도 구워서 나눠 주셨다. 잉걸불에 잘 익은 감자와 밤을 먹던 날이 짙은 어둠 속에 생생하게 피어오른다. 모든 것이 풍족하기만 한 오늘이지만, 마당 한가운데 자리를 만들어 원시의 놀이를 즐기는 아이의 모습에서 마음 한편에 알 수 없는 뭉클함이 불씨처럼 타닥타닥 소리를 일으킨다. 수십 년이 흐르고 나면, 어른이 된 아이가 자식과 함께 불씨를 키울 날이 올 것이다. 추억을 찾아 마음을 치유하는 순간, 지금의 나처럼 힘겨운 세상살이를 견뎌 낼 위로가 되길 바란다.

마치 어릴 적 태어난 곳으로 반드시 돌아오는 물고기 연어의 일생 같다. 바다에서의 욕망을 기꺼이 버리고 태어난 곳을 기억하는 연어의 회귀는 가볍거나 얕은 인간의 삶을 제대로 바라보게 한다. 겉으로 드러나는 화려함에 몸을 던지고 살아가는 많은 도시인의 생활이 짙은 어둠 속에서 한순간에 꺼지는 아이들의 잔불 같다. 욕심내어 불씨를 일으키지만, 마음을 비우고 보면 하늘에 빛나는 무수한 별이 더욱 밝게 빛나는 것을 보게 된다.

또다시 죽은 불을 살리는 손이 바쁘다. 아이들의 놀이에 어느새 주인이 된 나는 온몸에 불내가 스미는 것도 모르고 불씨를 키운다. 한 켜씩 밝아지는 불길에 나의 유년도 살아난다.

연어의 회귀본능처럼 사람도 태어나 자란 곳의 추억이 어딘가 저장되어 있을지도 모르겠다. 사라진 꼬리뼈의 흔적처럼, 아니라고 말하고 싶어도 몸은 절대 잊어버릴 수 없는 짙은 습성 같은.

3kg

 아얏, 또 깨물었다. 상처가 도무지 나을 틈이 없다. 말하다가도 잘근잘근 씹히는 살들 때문에 짜증스런 시간이 늘었다. 거울 앞에서 입술을 뒤집어 보았다. 찢어진 가장자리에 허옇게 곪은 것이 보였다. 연고를 듬뿍 바르고 일찍 잠자리에 들었다. 텁텁한 약이 입안으로 들어오는 느낌보다 먼저 수면을 취해야 한다.

 몸매가 바뀐다는 보통의 아줌마와 달리 나는 아이 둘을 낳고서도 살이 찌지 않았다. 걱정하던 친정엄마는 해마다 좋은 약초를 캐다 날랐고 시골에서 키우던 염소는 건강원을 거쳐 상자째 집으로 배달됐다. 오래전부터 열심히 먹어댄 탓인지 요즘 부쩍 입맛이 당긴다. 세 끼를 다 먹고도 밤 10시가 넘으면 뱃속에서 전해오는 신호를 무시할 수가 없다. 후식으로 커피 한 잔까지 네 번째 식사를 끝내야 나의 하루가 온전히 마감된다.

어느 날 아침 일어나니 주먹이 잘 쥐어지지 않았다. 얼굴도 팅팅 부어서 몸의 느낌이 제법 무거웠다. 수분 부족인가 싶어 두 컵이나 연거푸 물을 들이켰다. 그러나 다음 날도 증세는 호전되지 않았다. 며칠째 계속되는 붓기와 함께 수다를 떨던 어느 날 혀를 깨물고 입술을 깨무는 일이 잦아졌다. 날이 추워서 근육이 긴장하였을 거라는 가벼운 생각으로 지나쳤다. 썩 부지런하지도 못한 성격이 또한 몸의 변화에 민감하지 못했다.

주말에 찾은 찜질방에서 무심코 올라선 체중계의 숫자가 낯설었다. 늘 보던 숫자에 3을 더하고 보니 그때야 입술을 깨물던 시간의 알리바이가 확실해졌다. 오랫동안 용을 써도 안 되었던 일이 부실한 몸에 웬만큼 적응하고 나니 결실을 보기 시작한 것이다. 썩 반갑지 않은 일이다. 생활의 리듬이 예전 체중에 맞추어져 있다 보니 짧은 계단을 오르내리는 일도 버거워졌다. 필요한 부위가 아닌 뱃살을 집중하여 공략한 체중 때문에 의심 없이 드나들던 바지의 허리둘레부터 바꾸어야 했다.

3kg. 첫 아이의 출산 몸무게와 맞먹는 숫자이다. 50cm의 작은 아이를 안고 어쩔 줄 몰라 하던 옛날 생각이 났다. 기쁨

을 주체할 수 없었던 무게가 지금은 내 몸에 들러붙어 불편한 진실을 만들고 있다. 입버릇처럼 살이 찌고 싶다는 지금까지의 푸념을 이제 접어야 할 것 같다. 불어난 3kg에 익숙해지기 위해 고생하느니 차라리 예전의 가벼운 몸으로 돌아가고 싶은 마음이 더 간절하다. 원하는 때에 말을 듣지 않는 내 몸이 밉다. 잠시 보양식을 끊고 입술의 상처가 덧나기 전에 3kg을 먼저 떠나보내야 할 것 같다.

나쁜 엄마표

"따르릉"

아침 일찍 전화기가 울린다. 달포 전 캐나다의 큰언니네로 어학연수를 보낸 아들이다. 이제 초등학교 5학년, 영어학원 한번 보내지 않았던 아들이 여름방학 시작하기도 전에 비행기에 올랐다.

몇 주가 지나 적응이 된 건지, 아들의 목소리는 꽤 밝다. 오늘은 학교에서 축구를 했다고 한다. 다행이다. 아들이 기죽지 않고 벌써 5주의 프로그램을 무사히 마쳐 가고 있다. 아침 9시부터 오후 3시까지 알아들을 수 없는 불통의 공간에서 얼마나 답답하였을까. 그나마 좋아하는 운동 시간이라도 있어 숨통을 열어주니 다행스러운 일이다. 멀리서 지켜보는 나의 숨통도 함께 트인다.

수업을 시작하고 이틀째 되던 날 언니의 전화가 왔다. 저녁을 먹는데 화장실에 다녀온 녀석의 눈시울이 붉게 물들었다는 것이다. 엄마 품을 떠나서 그러나 싶어 달래었더니 아니더란다. 학교에 가니 자기처럼 영어를 모르는 애는 하나도 없더란다. 중국 아이도, 캐나다 아이도, 또 다른 한국 아이도 제나라 말처럼 영어를 정말 잘하더라는 것이다. 화장실에 가고 싶다는 말도 할 수 없어 쉬는 시간까지 참아야 했다는 말은 날카로운 가시가 되어 나의 가슴을 찔렀다.

　너무 준비 없이 보낸 게 아닌가 싶어 후회가 밀려왔다. 나의 계산은 몸으로 느껴보고 확실히 깨닫고 오라는 것이었건만, 제 딴엔 기죽고, 풀죽고, 두려웠을 것 같아 자꾸만 미안했다. 조카는 저녁마다 문법을 가르치고 대화를 하며 아들에게 시간을 내어주었다. 스트레스를 너무 심하게 받아 역효과가 나면 어쩌나 싶어 내심 걱정도 되었지만 내가 해줄 수 있는 게 없었다.

　결혼하기 6개월 전, 언니 친구의 소개로 남편을 만났다. 무엇이 그리 급했던지 번갯불에 콩 구워 먹듯이 결혼을 하고 바로 아이가 생겼다. 신혼 초부터 성격차이는 양보하지 않는 둘의 고집스러운 기 싸움으로 삐거덕거리기 시작했다. 그 이유로 큰 아이의 유아기는 나의 우울증이 절정에 달한 시기였다. 제대로 눈 맞추어 웃어주지 못하고, 놀아 주지 못한 시간으로 인해 사소한 사건이 생길 때마다 '나쁜 엄마'라는 팻말이 주홍 글씨처럼 내 가슴에 새겨졌다.

내 새끼를 품은 채 가시를 세웠다고 생각한 적은 없었다. 내 딴엔 보호한답시고 꼭 안았는데 제 새끼 몸에 피가 나는 줄도 모르고 있었다. 일단 닥치고 보면 어떻게든 적응하고 배워서 오리라 기대가 컸었다. 다른 아이들도 너처럼 알파벳도 제대로 모르고 온다고, 그러니 걱정하지 말라며 어깨를 떠민 여행이었다. 처음 수업을 들으며 진실을 알려 주지 않은 엄마가 얼마나 원망스러웠을까.

매일 언니로부터 전해 들은 이야기는 영어를 못 알아들으니 준비물을 못 챙겨 갔다는 것과 친구가 없어 점심을 혼자 먹었다는 이야기뿐이었다. 제 딴엔 힘들었을 텐데 함께 간 동생들 보기 부끄러웠던지 아무렇지도 않은 척 내색도 않는다고 했다.

그러나 시간이 흐를수록 아들은 빠른 속도로 환경에 적응해 나갔다. 이모들과 형, 누나가 한마음이 되어 보살핀 덕분일 것이다. 제 딴엔 살아남기 위해 애를 쓰는 것 같기도 했다. 필요한 영어를 배우느라 제 공부하기도 바쁜 형을 붙들고 새벽까지 공부한다니 조금 마음을 놓아도 될 것 같았다. 오늘 전화기 너머로 들리는 목소리로 짐작하건대 곧 그곳 생활을 충분히 즐길 수 있겠다는 생각도 들었다.

이제 3주 후면 아들이 돌아온다. 신종플루 때문에 망설이다 보내지 않았다면 더 큰 후회가 남아 있을지도 모를 여행이었다. 학교는 이미 학기가 시작되었다. 덕분에 일주일 동안 아들과 함께 집에서 쉴 수 있는 시간이 생긴 것도 좋은 기회인 것 같다. 나도 모르게 아들을 향해 세우고 다가갔던 가시를 이제 가지런히 눕혀서 기다려야 할 것이다. 태평양을 사이에 두고서야 나는 아들에게 다가가는 법을 알았다.

남편의 신발

휘청거린다. 남편이 벗어 둔 스키 신발 안에서 내 발가락이 중심을 잃어버리고 말았다. 가볍게 여긴 남편의 존재가 또 묵직하게 다가오는 시간이다. 신발 하나로도 내가 감당하는 세상과 다르다는 것을 남편은 오늘 한번 더 깨닫게 한다. 늘 왕왕거리며 대들기만 하는 아내, 철없는 나에게 말이다.

아이들과 스키장에 갔다. 신이 나서 강습을 받는 아이들을 보며 어쩔 수 없이 엄마라는 존재를 실감한다. 남편도 마찬가지다. 모처럼 아이들과 보내는 시간이 행복하다는 몸짓이 한 눈에 보인다. 말수가 많아지고 웃음이 헤프다. 늘 묵묵히 출근하고 퇴근하는 일에만 집중하던 평소의 모습과 대조적이다. 내 남자의 모습에서 나는 그가 감당해 왔을 삶의 무게가 얼마 만큼이었을까 가늠해본다. 내 몸이 중심을 잃어버린 남편의 신발 안에서.

　남편은 덩치보다 발이 작다. 중학생이 된 아들이 제 아비의 신발을 신을 수 없게 된 지도 수년이 지났다. 어느 날, 신발장 앞에서 거침없이 쑥 들어가는 아들의 신발을 신고는 흐뭇한 웃음을 흘리던 남편을 기억한다. 그때, 남편은 자신이 메고 가는 가족이라는 짐이 조금 가벼워졌다고 느꼈을까. 아니면 제 발보다 큰아들을 어깨에 져야 한다는 부담에 더 힘겨웠을까.

　아버지의 외출이 잦아진 것은 할머니의 병이 깊어진 후였다. 이 년째 자리에 누워 계신 할머니가 아버지를 외롭게 만들었을 거라는 걸 한참이 지나서야 알았다. 올망졸망 매달리는 다섯의 어린 자식들과 연로하신 부모님을 모시고 일 년을 살아내는 것은 쉬운 일이 아니었을 것이다. 해마다 아버지는 참외를 수확한 자리에 거름을 넣고 배추를 또 심었다. 한철도 거저 버려둔 적이 없었지만, 아버지의 마음은 휴식 없는 논처럼 생계 걱정에 몸과 마음이 늘 바빴다. 게다가 집안일을 돌보던 할머니의 자리보전은 어머니까지 꼼짝 못 하게 만들었다. 그때부터 바깥일은 아버지의 몫이 되어 두 배로 힘들어졌다.

　살아간다는 것은 끝없는 시련을 극복해 나가는 일이다. 숨쉴 틈조차 막혀버린 아버지가 다른 곳으로 발길을 향한 것은 어쩌면 당연한 일이었다. 술 한잔에 온몸이 취해 버리는 아버지는 그 뒤로도 딱 한번, 어긋난 걸음으로 세상을 향했다. 할아버지께서 북망산을 앞두고 계신 어느 때였다. 그러나 아버지의 고독을 이해하기보다 어머니의 서글픔이 먼저 딸의 가슴에 박혀오던 시절이었다. 철없던 나는 아버지의 신발을 들고 뒤뜰로 갔다. 커다란 가마솥 아래 신발을 던지고 불을 지폈다. 불길 속에 사라지는 신발을 보며 아버지의 세상을 향한 걸음이 끝나기를 바랐다. 뒤늦게 달려온 엄마는 못된 딸이라며 불에 타버린 신발을 아까워했다.

때깔 좋은 옷으로 치장을 한 사람들이 붐빈다. 자신의 장비를 들고 와 설원을 누비는 족들도 많다. 생전 처음 타보는 스키에 남편은 오후가 되자 녹초가 됐다. 일찌감치 벗어놓은 남편의 신발에 용기 내어 들이민 내 발이 눈 위에서 비틀거린다. 제 발에 맞는 신발로도 어려운 초행길을 겁 없이 남편 신발에 집어넣었으니 오죽할까.

남편이라는, 아버지라는, 가장이라는 그 역할이 크면 얼마나 클까, 내심 쉽게 여겼다. 남편이 버티어 내는 세상을 내가 감당하기에는, 중심을 잡기가 이렇게 어렵다는 것을 눈길에서 깨닫는다.

힘들어도 제자리를 지키며 어긋난 길을 걷지 않는 남편이 새삼 고맙다. 눈 위에서 중심을 잃고 쓰러진 내 몸을 남편이 일으킨다. 커다란 남편의 신발 안이 갑자기 편안해진다. 비어 있는 자리를 채워주는 건 든든한 남편, 내 남자다. 그의 신발 안에서 비로소 온전한 아내로 어머니로 설 수 있음을 나는 오늘에서야 배운다.

숨길

돌을 고른다. 열 평 남짓의 분양받은 텃밭에 자갈이 천지다. 벌써 며칠째 아이들과 돌을 고르고 있으나 여전히 흙보다 돌이 더 많다.

어릴 적, 가족이 모두 모여 돌을 줍던 때가 있었다. 새마을 운동과 경지정리가 한창이던 때였다. 좁은 시골 길을 넓히면서 나라에서는 군데군데 흩어진 조각 논을 모아 집집이 큰 덩어리의 땅으로 만들어주었다. 새로 받은 땅은 흙보다 자갈이 더 많았다. 밤이 늦도록 돌을 주워 날랐지만, 척박한 땅은 줄어들지 않았다. 직선의 산업화가 가져온 그 해 봄바람은 유난히 차가웠다. 망태기에 담긴 돌을 버려도 끝이 없던 일이 힘들었지만, 할머니, 할아버지까지 함께한 달밤의 돌 줍기가 어느새 추억처럼 마음 한쪽에 자리 잡고 있다.

며칠 동안 같은 일을 반복하지만, 도무지 진전이 없는 상황이다. 아이의 얼굴에 짜증이 묻어난다. 굳이 고생해서 텃밭을 일구는 엄마를 쉽게 이해할 수가 없을 것이다. 게다가 남편도 반대하는 일을 고집을 부려서 분양을 받았다. 잠시라도 흙을 밟고 숨을 고를 수 있는 땅을 갖고 싶었다. 내 나이 마흔, 가슴이 비어 버린 것처럼 허망하게 다가오는 그림자를 떨쳐 버릴 수 없었다.

　몇 년 전, 화재로 많은 것을 잃었다. 삶이 온통 깜깜한 그을음이 되어 현실과 미래를 지배했다. 가족이라는 울타리를 지키려 발버둥을 쳤다. 주저앉고 싶었지만, 엄마이기에 꿋꿋해야 했다. 한평생 써야 할 에너지가 그때 모두 소진된 듯했다. 모든 것들이 제자리로 돌아왔지만, 막상 나는 빈 울음을 게워 내는 쭉정이처럼 사는 것이 힘들었다.

　자연에 모든 것을 맡기고 하루를 살았던 시절, 일한 만큼만 돌아오면 감사하며 살았던 아버지의 소박한 꿈을 이제 내가 꾼다. 흙을 떠나 산 지 십수 년이 흘렀지만, 그 후로 봄이 되면 나는 자꾸만 코끝이 가려워 킁킁댔다. 냉이가 올라오기도 전에 복숭아밭 아래를 서성이며 봄비를 일부러 맞았다. 차가운 봄바람에 숨은 훈풍을 찾으러 무작정 시골로 향하기도 했다. 도시의 삶은 내게 너무 삭막했고 그 서글픔은 가끔 울음으로 새어나왔다.

한평생 농사로 밥벌이하셨던 아버지의 행복을 더듬어 본다. 행복이라는 것이 아버지의 삶에 잠시라도 머물렀을까. 손톱 밑에 깊숙하게 박힌 흙이 가시보다 더 아픈 날카로움으로 삶을 흔들었을 텐데, 그 가운데 올망졸망 다섯 자식이 아버지의 등뼈를 붙들고 서 있었을 가난의 날에 낭만이 있었을까. 마른 등뼈에서 떨어진 막내딸로 도시에서 살아가는 중년이 된 나는 밥벌이에 대해 생각해 본다. 아버지의 손에서 떨어진 흙이 세월을 건너 이제 나의 손톱 밑으로 스며들고 있는 텃밭, 이곳에서 손톱보다 단단하게 버티고 있는 돌을 고르며.

　돌이 빠져나간 자리에 들어오는 것은 바람과 물과 공기다. 숨길이 열린 자리에 씨앗이 몸을 비틀어 떡잎을 낸다. 아버지의 거친 숨과 마주한 여린 초록 잎이 밀어 올린 것은 가난과 싸우고 있는 우리 가족이었다. 게으르지 않았으나 충분한 기술이 없었던 아버지, 열심히 심고 가꾸었으나 거역할 수 없었던 자연의 섭리 앞에 부서지는 것은 아버지의 희망이었다. 다 자란 딸들이 학업을 포기하고 생업 전선으로 뛰어든 날도 아버지는 돌밭에서 돌을 고르고 있었다. 흙을 뒤집으면 잘려나간 도마뱀 꼬리처럼 자갈은 또다시 나타났다. 망태기에 가득 담아 버린 돌들을 밤새 도깨비가 다시 제자리에 갖다 놓은 것은 아닐까. 할머니는 걱정스러운 내 마음도 모르고 손녀딸에게 도깨비 이야기를 밤마다 들려주었다.

　생업이 아니어도 흙 속에 잠긴 돌을 건져내는 일은 고단하기만 하다. 흙을 등지고 산 지 수십 년이 흘러서인가. 나의 손끝도 매우 무뎌졌다. 장갑을 벗고 보니 손톱 밑에 흙 때가 가득하다. 그럼에도 추억 속의 가난은 때때로 아름답다. 그래서 나는 내 인생의 가장 힘들었던 그때를 복원시키듯이 새로운 땅에서 흙을 뒤집고 있는 걸까. 어쩌면 그보다 도시의 매캐한 하루를 견딜 수 없을 만큼 밥벌이가 지겹다는 생각을 하고 있는지도 모른다.

　추수 때가 되면 밤이슬을 맞으며 종종 농사일을 거들었다. 불빛이 귀했던 시골의 가을이 깊어갈 때, 지친 어깨 위로 무수히 내려앉은 별을 보았다. 가던 길을 멈춘 달빛도 논두렁에 머물러 서로의 모습을 놓치지 않도록 붙들어 주었다. 세상의 모든 서열을 흙 위에서 만들어 가던 가족이라는 이름 앞에 자연은 하염없이 내려와 비어 있던 자리를 채워 주었다. 지금, 아이들과 엉덩이를 낮추고 모여 앉은 텃밭에 그날 보았던 별과 달의 무리가 모여든다.

　비록 돌이 더 많지만, 틈틈이 보드라운 흙 한 줌 쥐어본다. 줍다 보면 사라져 버릴 돌임을, 어느새 씨앗을 품고 생명을 키워 낼 곳임을 나는 알고 있다. 흙을 열고 들여다보면 잃어버린 나의 시간이, 허허롭고 메마른 나의 마음 밭이 초록으로 물들여질 것이다. 숨길이 있다면 여기가 아닐까. 나의 빈 울음이 웃음으로 채워질 곳도, 쭉정이가 아닌 행복으로 남은 생을 열어갈 곳도.

　삶의 폭풍은 절대로 그냥 지나가지 않는다. 그런 과정을 거치면서 진정한 삶을 누릴 수 있는 자격을 부여받는다. 그것은 바로 삶의 태풍 속으로 직진하여야만 그 너머의 태양이 빛나는 곳에 도달할 수 있다. 아버지가 마주한 현실이 물질에 가로막혀 늘 힘들었지만, 언제나 그 자리를 피하지 않고 당당히 맞섰던 것만은 확실하다. 나에게 닥친 일을 감당하기조차 어려워 마주한 날, 질기고 주름진 당신의 손이 내게는 눈부시도록 빛났으니 말이다.

　세상의 욕심에 갇혀 잊고 있었던 밥벌이를 하는 중이다. 일하는 이유가 무엇인지 흙이 시방 나에게 알려준다. 옛날, 자갈밭을 일구어 마침내 푸른 잎에서 열매를 키웠듯이, 지금 내 가족이 일군 텃밭에도 곧 푸른 새순이 돋아날 것이다. 아이들과 함께 골라낸 돌이 텃밭 가장자리를 든든하게 감싼다.

할미꽃

구부정하다. 짧은 백발을 온몸에 휘감고 땅을 향해 몸을 열었다. 흙 속에서 밀려 나오는 봄의 소리를 가까이 듣고 싶어서일까. 용케 단단한 땅을 비집고 연둣빛 싹을 천지에 흩어놓았다. 그 틈새에 홀로 피어 보랏빛을 밝히는 할미꽃이 봄볕 아래 온전히 드러났다.

얼마 전, 늦게 결혼한 남동생의 아이 돌잔치가 있었다. 내리 딸을 넷 낳고 품에 안은 동생은 어머니의 오랜 한을 풀어준 보물 같은 존재다. 몰래 모아둔 쌈짓돈을 아끼지 않고 내어놓을 때는 그만한 이유가 충분하였으리라. 십수 년 전, 결혼한 내가 아이를 낳았다는 소식에 기뻐하셨지만, 하나뿐인 아들의 결혼과 출산에 비할 수는 없을 것이다.

할미꽃에 얽힌 설화는 슬프다. 손녀딸 셋을 어렵게 키워 시집을 보냈지만, 첫째와 둘째 손녀에게 서러운 대접을 받고 밤에 몰래 그 집을 나온다. 가난한 막내 손녀를 만나러 가지만, 겨울 언덕을 넘지 못하고 결국 생을 다하게 된다. 막내 손녀에게 차가운 몸을 맡긴 무덤 위에 핀 꽃, 그 넋이 할미꽃이다.

한복을 차려입은 엄마는 해를 향한 해바라기처럼 손주를 바라본다. 뭐가 그리 좋으신지 웃음이 가득하다. 손주의 돌날이라고 곱게 화장도 하셨다. 평소 치장을 즐기지 않는 엄마의 입술이 붉다. 환히 웃는 이 사이에 붉은 립스틱이 묻어 있다. 지우려고 얼른 손을 뻗었다. 통째로 이가 흔들린다. 틀니가 잇몸에 맞지 않아 불편하다던 엄마의 말이 떠오른다. 내 모습에서 첫째, 둘째 손녀딸의 무심한 모습을 본다. 날마다 휘어지는 엄마의 마른 등을 살펴보지 못한 탓이다. 멀쩡한 것을 다 내어주고 성한 것 하나 없는 엄마의 몸에 간신히 붙어 있는 틀니처럼 힘들었던 생을 견딘 엄마의 고단함을 미처 헤아리지 못했다. 괜찮다고, 아무렇지도 않다고 손사래를 치는 엄마 때문에 마음이 아프다. 이제 너도 자식 노릇을 하라고 큰소리쳐도 될 텐데 엄마는 여전히 할미꽃처럼 말이 없다.

큰 아이를 갖고 팔 개월이 되었을 때 치통이 찾아왔다. 임산부라 약의 처방이 까다로워 결국 어금니를 뽑아야 했고, 둘째까지 낳고 나서야 임플란트를 할 수 있었다. 비어 있었던 자리를 향해 기울기 시작한 양쪽의 이 때문에 치료하느라 애를 많이 먹었다. 새 이를 넣고도 낯선 방문객인 양 내 몸처럼 느껴지지 않아 한참 동안 음식을 씹기 불편했다. 힘들었지만 너희를 위해서였다고, 나는 두 아들에게 수시로 희생의 어금니 자리를 보여 주며 영웅담처럼 숭고한 사랑을 떠들곤 한다. 참 가벼운 사랑이다. 그에 비하면 엄마의 틀니는 입안에서 자라는 할미꽃이다. 맞지 않는 틀니로 아픔을 견디며 사는 삶이 엄마에겐 이미 익숙한 생이었던 거다. 당신의 몸보다 늘 자식이 우선이기에 주고도 생색내지 않는 사랑이었고, 지금도 엄마는 가장 행복한 표정으로 웃고 계신다.

설화와 다르게 할미꽃은 귀부인티가 난다. 아마도 고운 빛깔의 부드러운 솜털을 지닌 탓이리라. 흔하게 자리 잡는 풀꽃보다 제법 있어 보이기까지 하다. 스쳐 지날 때 몰랐던 아름다움이 자세히 들여다보니 더 신비롭다. 보랏빛이 은은하게 감싸고 있어 더욱 그러하다. 아래로 향한 굽은 등도 다시 보니 초라하지 않다. 흙에서 나서 흙으로 돌아가는 인생을 알아차린 듯, 모두가 꼿꼿하게 땅 위로만 솟구치는 봄날, 겸손히 땅을 향해 귀를 기울이는 모습이 더없이 경건하다. 어디서나 볼 수 있었던 할미꽃이 아니었나. 세상이 바뀌면서 할미꽃이 피던 자리가 귀해졌다.

엄마가 걸어간다. 손녀를 향한 할미꽃의 고운 자태를 온몸에 지녔다. 할미꽃은 평생을 굽힌 채로 꼼짝하지 않지만, 마지막 생명의 발아를 위해 꽃대를 치켜세운다. 바람에 몸을 열어 가진 모든 것을 날려 보낸다. 오랜 시간, 땅을 향해 속삭였으리라. 곧 일어나 세상의 넓은 곳으로 날아갈 것이라고.

엄마는 지금 아들의 아이가 있는 세상을 보고 웃고 계신다. 평생을 땅으로만 향했던 온몸을 일으켜 이제 할 일을 다 한 듯 반듯하게 걸어가신다. 마지막까지 남은 자들의 소리에 아랑곳하지 않고 당신 생의 기준을 잃지 않는다. 평생의 거룩한 희생이 내 삶에도 머무르기를 기대하며 나는 곧추선 등허리를 살며시 구부린다.

맥놀이

  땀뿐이랴. 지금 내 몸은 오월의 태양을 이기지 못한 흔적으로 흥건하다. 오래 걷는 법을 잊어버리고 살아온 도시의 삶 때문인가. 나지막한 오르막이 나를 막아선다. 몸을 밀어 당도한 곳, 에밀레종과 어우러진 풍광에 이르러 긴 숨을 토해낸다. 소란스러운 기운이 한숨에 한 덩이씩 빠져나간다. 초록의 색을 더하는 잎들이 사이사이 흩어진 바람을 모아 나에게 보낸다. 고마운 바람의 보시, 나의 땀이 뜨거운 땅으로 스며든다.

  '우웅 우웅' 끊어질 듯 이어진다. 바람을 타고 흘러가는 울림이 시간을 넘고 공간을 거슬러 지금, 내 앞에 있다. 무료하게 채널을 돌리다 시선을 사로잡은 소리였다. 평면의 사십이인치 화면에 성덕대왕신종의 맥놀이가 시작되었다. 신라인이 만든 동종 안에 두 개의 울림이 살아 천 년의 깊이를 내게 건넨다. 굳이 두 소리가 서로 간섭하면서 진동이 다른 두 개의 소리를 만들어 내는 이유는 무엇이런가.

기운이 넘치는 젊은 시절이었다. 내 생각이 옳으니 껍질을 닫은 조개처럼 남의 비판이나 충고 따위가 귀에 들어올 리가 없었다. 쓸데없는 허영심이 물욕을 부르니 젊은 날의 어울림은 부딪칠수록 상처만 날 뿐. 내 삶이 그랬다.

미움의 중심에 물질이 있었다. 우리를 쥐고 흔들었다 놓기를 반복하던 재산이 어느 순간, 빚으로 몰려 왔다. 업보라며 부모님은 밑도 끝도 없는 빚 갚기에 정신이 없었다. 내 남자의 눈물을 보았다. 그에겐 형이었던, 부모였던 가족. 보지 않으려고 듣지 않으려고 용을 썼지만, 그의 무거운 어깨가 내 것처럼 힘겨웠다.

일본의 종소리에도, 중국의 종소리에도 없는 울림. 넓은 통을 돌고 돌아 깊은 소리를 쏟아내는 종의 가르침은 무얼까. 지금 나는 그 답을 찾아 여기 섰다. 세상에서 부딪친 자리와 내 마음의 통탕거리는 소리를 저 성덕대왕 신종의 공명으로 끌어들여 울림이라는 이름으로 만들고 싶다. 외눈박이 물고기처럼 삐뚤어진 모습으로 남은 생을 바라보고 싶지 않다. 기우뚱거리는 모습으로 갈피를 잡지 못하는 내가 더 한심스러워지기 전에 나는 균형을 잡아야 한다. 더는 자라지 않는 몸의 정점까지 끌어올릴 힘이 내게 없으니 신종이여, 그대는 오늘 내게 그 해답을 반드시 말하여 달라.

정갈하게 다듬어진 주변에 사람들의 발길이 왕왕하다. 저마다 속세의 버거운 짐들을 내려놓으려고 이리로 들어선 것이리라. 발길이 뜸한 구석에 엉덩이를 내려놓는다. 서툰 운전으로 굳이 이곳에 온 이유는 이젠, 매듭을 풀고 싶어서다. 낯선 도시로 오는 내내 긴장하였지만, 와 보니 가보지 못한 길이 아니라 가보지 않은 길이었다.

맥놀이는 중요하다. 두 개의 파장이 적당하게 어우러져 공명을 만들어야 한다. 소리에 신라 장인의 숨골이 살아 있다. 하늘에 닿고 지옥에 스밀 울림을 만든다는 게 쉽지 않을 텐데. 긴 여운을 남기고 천 년 고도, 신라의 종은 또 침묵한다. 입을 닫고 눈을 감는다. 세상의 시끄러운 소리를 울타리 밖으로 밀어낸다. 귀에 가득하던 사람들의 소리가 멀어지고 바람에 숨어있던 나뭇잎이 살랑거리고 잔가지가 부스럭댄다. 산의 소리를 주워담는다. 부풀어 오르는 마음이 허브 향 날리는 초원으로 달려갈 때쯤, 맥놀이는 나를 위해 울어줄 법도 하다.

마음을 비우고 몸을 내려놓으니 종 아래의 뻥 뚫린 원형이 보인다. 우둘투둘한 내부의 모습이 노구의 거친 피부 같다. 부조의 곡선으로 다듬어진 겉모습과 달리 보기 흉한 안의 모습이 충격적이다. 저 종은 아름다운 소리를 위해 온통 안을 내주었구나. 내 안의 뻣뻣한 자존심이 나를 할퀸다.

눈에 보이는 세상으로만 발길을 뻗은 탓이다. 어느 순간부터 나는 몸도 마음도 자라지 않고 있었다. 남편과 시댁의 불편해하는 모습이 나 때문이라는 것을 인정하려고 애쓸 때, 맥놀이는 내게 큰 울림으로 다가왔다.

금속은 그 소리로 재질을 알 수 있다 한다. 첨단의 기술을 긴 세월 간직하려고 애쓴 신라인의 손끝이 머문 자리를 더듬어 본다. 종의 미세한 두께 차이가 만들어 낸 산사의 소리 앞에서 누군들 고개를 숙이지 않았으랴. 내 안과 밖의 끝없는 소용돌이는 어느 지점에서 완성이라는 이름으로 우뚝 서 있을 수 있을까. 은밀하고 구석진 곳에 깊이 뿌리박아 둔 욕심 때문에 몸과 마음은 아직 무겁다.

누구에게나 아름다운 소리 하나 있을 것이다. 내가 발견하지 못했을 뿐이다. 누구의 소유로도 남지 않은 물질, 그 앞에서 부끄러운 소리를 다듬는다. 어쩌면 이 모든 것이 조화를 위한 희생이었으리라.

두 개의 진동으로 간섭의 아름다움을 만들어 내는 현상처럼 가끔 내게도 또 다른 세상이 필요한 게다. 그녀와 나, 몸이 만든 소리와 마음이 내는 소리를 동시에 듣자면 나는 더 많은 공을 들여야 할 것이다.

뎅그렁거린다. 나의 맥놀이는 아직도 울림을 향해 진행 중이다.

비밀의 정원

　가볍다. 마지막 홀씨, 바람에 몸을 싣고 담장 너머로 사라진다. 빈자리를 채운 봄 햇살이 마당으로 퍼진다. 깊숙이 들여 놓은 발 앞엔 제법 넓은 뜰이다.

　민들레 천지다. 발길이 그리웠던 걸까. 인기척에 놀란 잎들이 조금씩 몸을 일으키더니 하얀 홀씨들이 눈앞에서 어지럽다. 마른 땅에 몸을 붙이지 못하고 안채 마당을 가득 메웠다. 초록의 힘으로 대를 밀어 올린 봄날, 아이와 함께 찾은 *난포 고택은 민들레의 소리 없는 춤사위로 떠들썩하다.

　밖에서는 보이지 않던 곳, 고택의 비밀을 들여다보기에 안성맞춤인 자리다. 밀실처럼 깊숙이 들어앉은 곳에 유독 홀씨만이 자유롭다. 고택의 솟을대문과 누마루의 직선에 눌린 마음이 펼쳐진 안마당의 품에 풀어진다. 또 다른 세상의 이야기라도 들을까, 나는 마당의 한가운데를 서성이고 있다.

샘이다. 두레박을 늘어뜨려 잠든 우물을 깨운다. 깊은 울림이 돌 틈 사이로 한참을 올라온다. 둘러보니 여러 모양과 크기가 다른 독들이 우물 뒤편에 자리를 잡고 있다. 낯익다. 그리 오래지 않은 나의 기억 속에도 우물과 장독이 자리한 시골집이 있다. 그 자리에서 쓰러져 두 번 다시 일어나지 못한 할머니가 생각난다. 적요를 깨고 삐걱거리는 돌쩌귀 소리와 함께 금방이라도 할머니가 달려 나올 것 같은데 고택의 독들은 깊은 잠이 들었다. 쌓인 먼지가 층층이다.

할머니의 자리는 그림자 같았다. 할아버지의 또 다른 여인에게 곁을 내주고 한 방에서 밤을 보내는 모습에 엄마는 더 울분을 터뜨렸다. 할머니는 병석에서 정신을 놓치고 나서야 가슴에 맺힌 말들을 죄다 쏟아 놓았다. 할머니의 여린 가슴팍으로 뚫고 들어간 민들레의 쓴 뿌리는 고택보다 오래 머문 듯했다. 감당하기 어려운 할머니의 몸부림을 지켜보며 엄마는 울었다. "어무이요, 새가 되이소. 훨훨 날아서 가고 싶은 데로 가이소." 할머니의 자유를 기원하는 엄마를 보며 나는 키 작은 민들레를 미리 마음에 심었는지도 모른다.

세월은 흘렀지만, 내 안의 민들레는 자라는 법을 알지 못했다. 아이를 둘 낳고 살 동안, 삐걱거리는 경첩처럼 내 삶도 부자연스러웠다. 좁혀지지 않는 남편과의 갈등은 크고 단단한 쓴 뿌리가 되어 안으로만 자리를 만들었다. 부족한 마음자리는 해가 갈수록 뿌리의 집이 되어갔다. 상처는 드러나지 않을 뿐, 겉으로 보이는 초록의 잎과 노란 민들레의 삶은 남들이 보기에 절정의 삶이었을 것이다.

크고 단단한 뿌리를 키우는 동안, 나의 폐는 조금씩 줄어들었다. 땅 위에서 숨 쉬는 일이 고된 일이 될 줄 몰랐다. 버텨 오던 몸을 이끌고 찾아간 병원에서 화병이라는 진단을 받았다. 우물가에서 넘어진 할머니에게도 내가 받은 그때의 알약이 있었다면 큰 숨 한번 쉬어 보고 편히 가지 않았을까.

할머니는 내게 그 고통을 남겨 두지 않으려고 내 삶의 마디마디에 당신의 흔적을 남겨 놓지 않았나 싶다. 화병 이후, 빈혈의 극심한 두통과 일상의 불편함을 끝으로 남편과는 불협화음이 줄어들었다. 아이들은 쉴 틈 없이 자라고, 부부가 함께 짊어져야 할 세상의 많은 일이 마음의 원망을 사그라지게 한 것이다.

쓴 뿌리는 가족이라는 이름으로 서로 한 걸음씩 물러난 자리에서야 제대로 뽑혔다. 모난 제 뿌리가 만든 구멍을 가리고자 잎은 솟구치지 않는다. 땅거죽에 붙어 바람 부는 봄을 이겨 낸다. 할아버지의 바람이 평생의 한이 되었을 할머니가 소리 내지 않고 가족을 지킨 단 하나의 이유였을 것이다.

여인의 걸음이 사라진 자리는 황폐하다. 안채의 뒤를 지키는 사당의 녹슨 자물쇠는 고택의 마지막 자존심처럼 엇나간 돌쩌귀를 지탱하고 있다. 난이 오직 난포고택이라는 이름에서 살아 있다면, 조선의 여인은 민들레가 되어 고택을 지켰다 하겠다. 그 가운데 함부로 보여줄 수 없는 자리, 들어가 보지 않으면 찾을 수 없는, 질긴 풀꽃의 생명처럼 여인의 삶이 나직하게 아직도 살아 있는 곳, 그곳이 정침이다. 여인의 정원이다. 내 할머니의 뜰이다.

모든 생명이 사라진 자리에서 여전히 춤을 추며 봄을 맞이하는 민들레 홀씨는 예상하지 못한 덤이 되었다. 또한, 고택에서의 잔상은 오래 남아 시나브로 내 삶을 건강하게 물들여 갈 것이다.

민들레, 고택을 지켜온 그 생이 가볍지 않아 좋다. 탐스럽게 맺힌 한 송이를 손에 쥔다. 묵묵히 견뎌낸 세월을 딛고 올라선 대에 할머니의 마지막 바람과 나의 꿋꿋한 호흡을 맨다.

하늘로 퍼져 나가는 씨앗은 이제 뿌리를 내리고 잎을 펼치는 법을 잘 알고 있다. 어디서든 몸을 낮추고 땅이 열어주는 거죽에 곱게 태어날 것이다. 누구라도 그 마음을 쉬어갈 수 있는 봄꽃이 될 것이다.

겹겹이 둘러싸인 안채의 뜰이 더욱 자유롭다. 툇마루 끝, 조각한 할머니의 무릎에 아이가 누웠다. 얼굴에 깃든 편안함이 햇살 탓만은 아닐 것이다. 누군가 다듬어 놓은 목각 인형은 정지된 세월을 거슬러 나의 유년과 맞닿아 있다.

그곳엔 비밀의 정원이 있다.

* 난포고택 - 경북 경산시 용성면 곡란리 526-6
(경상북도 유형문화재 제80호)

|4부|

종이여자

호박

손마디를 비빈다. 따끔거리지만 아무것도 눈에 보이지 않는다. 흙이 잔뜩 묻은 검지 손마디에 가시가 박힌 것 같다. 누렇게 익은 호박에만 정신이 팔려 성급히 손을 뻗다 일어난 일이다.

햇살 좋은 봄날, 텃밭에 심을 호박 모종을 샀다. 해와 비와 바람을 맞으며 무럭무럭 자라던 모종은 어느 순간, 줄기를 가르고 잎을 키웠다. 연두의 물오른 순이 조금씩 짙은 초록으로 바뀌는가 싶더니 널찍한 잎 아래 노란 꽃이 피고 주먹만 한 호박이 열렸다. 손톱만 스쳐도 생채기가 나는 여린 애호박이었다. 강한 햇살을 견딜 수 있도록 잎은 자꾸만 크고 줄기는 굵어졌다. 숨바꼭질하듯 꼭꼭 숨어 자라는 애호박을 찾아 자리 잡은 잎들을 들추곤 했다. 호박잎을 건드리면 싱싱한 잔가시가 내 살을 먼저 공격해왔다.

늙은 호박의 가시는 생각보다 셌다. 제힘으로 조금도 움직일 수 없는 식물의 생존 본능은 마지막을 향해 발버둥을 치는 듯이 날카로웠다. 방심하고 다가선 존재에게 위협을 주기 위한 최선의 방법이었다.

딸 넷에 아들 하나, 가난한 집 맏며느리였던 엄마에게 아들의 존재는 당신의 삶 그 자체였다. 재작년, 늦깎이 장가를 보내고 첫 손녀를 얻었다. 엄마는 당신의 삶이 그토록 서러웠으면서 하나뿐인 며느리에게 아들을 원했다. 동생은 둘도 버겁다며 하나로 끝낼 거라고 단단히 못을 박았다. 그렇게 모든 것들이 마무리된 줄 알았다.

작은어머니의 아들 삼 형제는 엄마에게 트라우마처럼 자리 잡고 있었다. 엄마는 시부모를 모시고 환갑을 넘는 세월을 살았다. 엄마의 평생을 펼쳐보면 녹록지 않았음을 알기에 아들을 향한 소망을 욕심이라고 할 수는 없다. 내가 중학생이었을 때, 살던 집을 허문 자리에서 누렇게 변한 쪽지 하나를 주웠었다. '서럽다. 아들 낳지 못한 것이 내 죄인가.' 삐뚤빼뚤하게 적힌 연필 글씨를 보고 엄마의 깊은 서랍 속에 잠들어 있었을 세월을 가늠했다.

올해 봄의 일이다. 아버지 생신으로 친정엘 들렀다. 들른 김에 언니와 대청소를 했다. 온종일 쓸고 닦아도 끝이 보이지 않는 것이 촌집의 청소다. 세탁기는 끝없이 돌아가고 버릴 짐은 마당에 쌓여 있었다. 엄마는 딸들이 무엇을 하는지 관심도 없이 들일을 하러 가셨다. 일을 대충 마무리하고 저녁을 먹고 쉬고 있을 때였다. 안방에서 "딱, 딱, 딱." 손바닥 치는 소리가 났다. 즐겨 보던 방송에서 치매를 예방할 수 있다고 그랬나 보다. 엄마는 열심히 가부좌하고 앉아서 손뼉을 치는 중이었다.

시어머니의 자리는 늙은 호박의 가시만큼 날카롭다는 걸 내 엄마에게서 보았다. 딸 넷으로부터 외손자를 넷이나 보았지만, 엄마에게 손자는 동생의 몸을 통해 태어난 놈이어야 했다. 당신의 서글픈 한을 하나뿐인 아들이 성큼 해결해 주길 바라는 마음을 모른 척할 수도 없다. 그것마저 당신의 업보처럼 생각하는 엄마의 마음도, 동서에게 기죽고 싶지 않은 여자의 마음도. 모든 것들이 섞여 결국 엄마는 아들과 손자로 보상을 받고 싶으신 것이다.

오래된 것들은 질기다. 아마도 얼마 남지 않은 죽음을 앞두고 호박은 열매를 지키고 싶었으리라. 누군가에게 빼앗기기 전에 줄기의 모든 양분을 내어준 자리에 잔가시만 잔뜩 남았다. 호박의 누런 빛깔이 칠월의 태양 아래 단단해지고 있다. 호박씨가 여물어 다음 생에 씨앗으로 땅에 번식할 수 있도록 잎도, 줄기도 마지막 힘을 다해 호박을 지키고 있다. 불쑥 다가선 내 손을 향해 가시를 세우고 순간 내 살을 파고들었을 찰나, 호박은 한겹 더 단단해졌을 것이다.

엄마의 지난날이 그랬듯이 앞으로의 남은 날도 동생의 역할이 클 것이다. 유난히 큰 잎에 가려 눈에 띄지 않았던 호박, 특별한 애정으로 튼실히 자란 호박은 제 몸에 충분한 씨앗을 머금고 있을 것이었다. 주렁주렁 달린 호박 중에 씨앗을 만들 것이 있는 것처럼 동생은 엄마에게 그런 존재였다. 세상의 위험한 것들로부터 단단히 보호를 받고 자란 호박이 가진 숙명처럼 동생도 엄마의 탯줄을 끝까지 이어갈 책임을 지고 태어난 것이다.

환청처럼 엄마의 박수소리가 들린다. 팔순을 앞두고 자꾸만 줄어드는 엄마의 몸이 볕에 마른 호박 줄기 같다. 아들이 당신의 손자 손을 잡고 든든히 서 있는 모습을 보는 것이 늙은 엄마의 마지막 소원이라면, 건강을 위한 엄마의 손뼉치기는 아주 은밀하고 위대하다.

말

단단히 움켜쥐었다. 녀석을 통제하려면 어쩔 수 없다. 미끈하게 빠진 몸 위에 나를 올린다. 쉽게 받아들이지 않는다. 낯설고 두렵다. 어떤 일이 있어도 녀석과 나를 연결하는 이 끈을 놓쳐서는 안 된다. 긴장해서인가. 손뿐 아니라 팔을 거쳐 온몸에 경련이 날 지경이다.

아이가 자라면서 가족이라는 이름이 무색해졌다. 하루 한 끼를 마주앉아 먹는 날이 드물었다. 대화의 주제가 흩어졌고, 밤낮으로 근무가 뒤죽박죽인 남편 눈에 어쩌다 한 번씩 보이는 아들은 늘 컴퓨터 앞이었다. 잔소리가 조금씩 늘어났다. 열여섯 사춘기의 열병을 앓는 아들은 나와도 남편과도 불통이었다.

우연히 들른 승마장에서 아들의 눈빛이 빛났다. 온 가족이

배워보기로 했다. 어쩌면 불통으로 이어지는 상황이 시원하게 뚫릴 수도 있을 거라는 희망을 보아서일까. 아들의 웃음과 관심에 과감히 지갑을 열었다.

말은 초식동물이다. 야생의 환경에서 살아남기 위해 발달한 청각 때문에 아주 먼 거리의 소리도 들을 수 있다. 생존 본능은 마장에서 생활하는 말에게도 예외는 아니다. 주변의 작은 움직임에도 화들짝 놀라 몸부림치는 말 때문에 몇 번씩 떨어질 뻔했다.

그럴 때마다 교관은 말고삐를 바투 쥐라고 한다. 몸의 아래에 중심을 두고 말의 달림을 몸으로 느끼라고 한다. 이제 겨우 엉덩이를 올린 초보자에게 어려운 말이지만, 몸으로 익힐 수밖에 없는 시간과의 싸움이다.

말이 자꾸만 몸을 비튼다. 입에 물린 재갈이 불편한가 보다. 고삐가 너무 느슨해도 안 되고 너무 짧아도 안 된다. 적당한 선의 감을 찾기 어렵다. 사람마다 팔 길이가 다르고 체형이 다르니 기준처럼 정해져 있는 자리가 나에겐 어째 맞지 않다. 너무 조여졌나 싶어 느슨하게 잡으면 갑자기 고개를 아래로 숙여 떨어질 것 같아 가슴이 철렁한다. 반대로 짧게 쥐고 있으면 연신 킁킁거리며 말머리를 통째로 흔드는 바람에 어찌해야 할지, 진땀이 난다. 옆에서 이런저런 이야기를 해도 말 위에 앉은 것은 나지 교관이 아니다. 말과 나의 교감이 필요하다.

앞서 가는 아들을 본다. 동심원을 돌며 아들은 줄곧 내게 뒷모습을 보여준다. 곧추세운 자세가 반듯하여 흡족하다. 몸의 근육이 굳어버린 나보다 유연한 아들의 적응이 놀랍고 기쁘다. 그러고 보니 오늘처럼 아들의 뒷모습을 오래 바라본 때가 언제인지 기억이 나지 않는다.

퇴근하고 오면, 게임이나 웹툰에 열중인 모습에 화가 났다. 더 이상의 학원 공부를 거부하는 아들에게 기대치만 높아갔다. 엄마의 욕심이 조금씩 탑처럼 쌓여가고 있었음을 제일 먼저 알아차린 것도 아들이었다. 어쩌면 무언의 반항으로 보란 듯이 더 컴퓨터 앞에 있었을 것이다.

말에서 내리고 나니 온몸이 나른하다. 팽팽한 긴장이 풀린 탓이다. 푸르르 거리며 말도 몸을 털어낸다. 얼마나 힘들었을까. 아래에서 내 몸을 버티고 있었으니 나보다 배는 더 고달팠지 싶다.

말할 수 없으니 히힝거리고, 알아듣지 못하니 앞발을 들어 놀라움을 표현한다. 겁이 많아 낯선 소리에는 어김없이 반응하는 민감한 동물이 말이다. 훈련 중이던 교관이 말을 세우고 눈을 마주친다. 한참 동안 말을 쳐다본다. 말이 머리를 돌려 교관의 얼굴에 비빈다. 교감일까. 말의 커다란 눈동자가 편안해진다.

고삐를 쥐는 것도 중요하지만, 더 중요한 것은 마음이다. 초보 엄마의 울타리를 벗어날 때가 이미 지났다고, 아직도 힘 주어 쥐고 있는 고삐는 편히 잡을 때가 되지 않았냐고 몸으로 말해주는 말. 그 앞에서 아들의 음성을 듣는다.

떨어지지 않으려고 용을 쓰는 동안, 고삐를 쥐는 방법과 엉덩이와 허벅지에 가해지는 힘의 분배를 조금씩 깨닫는다. 그것은 모두 말에게 쉽게 달려나갈 길을 열어주기 위함이다. 더 넓은 곳에서 자유롭기 위한 첫걸음이다.

힘차게 달리려면 말의 기분을 잘 파악해야 한다. 말보다 먼저 주변을 둘러보고 주인으로서 보호해 줄 테니 걱정하지 말라는 믿음을 심어주어야 한다. 바투 쥔 고삐지만, 말은 주인의 마음을 읽는다. 안장 위에서 편안함을 주는 주인의 움직임으로 가는 걸음을 결정한다.

나의 고삐에 몸을 매고 십육 년을 살아온 아들에게 미안하다. 어느 순간부터 나의 욕심이 입에 물린 재갈처럼 자글거리는 아픔으로 사춘기에 생채기를 냈을 것이다. 반항과 침묵으로 엄마에게 보여 주었던 몸짓을 또 다른 생명인 말을 만나 깨닫는 시간이다.

돌아오는 차 안이 오랜만에 시끌벅적하다. 남편도, 나도, 아이도 말을 사이에 두고 할 말이 많아진 탓이다.

파

분양받은 텃밭에 파가 있었다. 이전 주인이 미처 거두어가
지 못한 파였다. 굳고 메마른 땅에서 진한 초록의 파는 더 자
라지 않고 단단해졌다. 행여나 주인이 와서 찾을까 봐 섣불리
캐내지도 못하고 나머지 땅에만 거름을 넣고 흙을 뒤집었다.
꽃샘추위가 제법 매섭게 다가올 때도 파는 꺾이지 않았다. 파
미르고원, 설산의 강풍을 견뎌온 뿌리의 힘을 더듬으며 후손
을 키워내는 중이라는 걸 한참이 지난 후에야 알았다.

빵모자에 달린 하얀 방울처럼 어느새 파는 씨앗을 주렁주
렁 매달았다. 내 땅이라고 분양을 받았지만, 주인이 두고 간
수십 뿌리의 파가 심어진 자리는 함부로 건드릴 수가 없었
다. 기둥처럼 무리 지어 꼿꼿하게 겨울을 이겨낸 파여서일
까. 밭의 가장자리에서 울타리처럼 자리 잡은 파는 변방의

군사처럼 자못 위엄스럽기까지 했다.

봄이 제법 깊숙이 자리 잡고 있을 때쯤, 결심하고 파를 잘라내기로 했다. 최대한 밑동의 하얀 부분에 칼을 바짝 대고 단번에 목을 쳤다. 힘 있게 서 있던 파들이 하나씩 무너지면서 끈끈한 진액과 특유의 향을 뿜어냈다. 진액은 가스레인지 위에서 졸은 라면 국물처럼 뻑뻑했다. 억세고 여물어 틈이 없었다. 밑동뿐이 아니었다. 위로 올라갈수록 초록빛이 짙어졌다. 꼭대기에 매달린 씨앗을 지탱하는 빳빳한 파의 근성은 놀라웠다. 나무껍질처럼 단단하게 굳어버린 초록의 피부는 이미 파가 아니었다. 식용의 목적을 벗어났다. 종족 번식을 위해 하루씩 두께를 더하고 있었다. 더는 자라지 않고 단단해진 파가 내 손에서 꼿꼿하게 드러누웠다. 노인의 질긴 피부 같은 초록의 한가운데를 잘랐다. 파는 껍질을 뒤집으며 허연 속을 드러냈다.

텃밭을 분양받고 파를 몇 뿌리 뽑아 몰래 집으로 가져온 적이 있었다. 겨우내 눈 속에서 올라온 파 싹이라 그런지 달고 시원했다. 온실이 아닌 혹한의 모진 비바람을 꿋꿋이 견뎌낸 탓이라 생각했다. 땅속에 몸을 박은 하얀 대의 맛은 더 칼칼하고 시원했다. 적당한 시기였다. 대 끝에 씨앗이 매달리기 전에 꽃샘추위가 끝나기 전에 파를 잘라 먹어야 했다. 봄볕에 흙이 헐거워지기 전에 밑동에 바싹 칼을 대고 싹둑 잘라 된장

찌개에 넣어야 했다. 최고의 맛은 최대의 고난을 이겨 낸 바로 다음이었다.

내 몸이 무게를 더해 갈 때 나는 모든 것이 조심스러웠다. 열 달 동안 양수에서 온전한 모습을 갖출 수 있도록 몸과 마음을 단정히 모았다. 산도를 통해 세상으로 나오는 생명과의 만남은 거룩하고 고통스러운 시간을 견뎌 내어야만 한다. 그런 후에야 최고의 행복을 느낄 수 있음을 나는 두 번이나 체험했다. 고통이란, 지나온 무게만큼 평안을 안겨준다.

잘라 버린 파의 그루터기에서 연한 생명이 솟아나오고 있다. 제 어미의 튼튼한 뿌리를 믿으니 부드럽고 연한 속살을 편히 드러내어 세상을 향해 흔들리는 것이리라. 파처럼, 나도 이제 제법 단단한 나잇살로 세상을 버텨야 한다. 조금씩 몸피를 키워가는 아들의 여린 살이 부드럽다. 마음껏 흔들리며 세상을 만져볼 수 있도록 나는 더욱 질기고 강한 모습으로 파미르 고원의 강풍과 노을을 받아낼 것이다.

똥

화장실에서 거사를 치르고 나온 아들의 표정이 심각하다. 중학생이 되면서 먹성이 좋아지더니 배설물도 많아진 것 같다. 요즘 들어 변기가 자주 막힌다. 텔레비전에 빠져있던 남편은 한 치의 망설임도 없이 소파에서 일어나 화장실로 향한다.

평소 나의 부탁에 '안 해'라고 단호하게 거절하던 모습과 대조적이다. 슬리퍼를 신더니 그대로 변기 안에 발을 집어넣고 '뻑'이야 '뿍'이야 소리를 내며 막힌 변기를 뚫기 시작한다. 위생 장비를 착용하라는 말에 내 아들 똥은 안 더럽다며 맨발을 쑥 집어넣더니 풀어진 똥물에서도 어쩜 태연하다. 체한 속이 뚫리고 시원하게 트림하는 소리를 내며 누런 똥물이 빠져나가고 변기 안에는 맑고 투명한 새 물이 채워진다. 아들의 몸속에서 갓 빠져나온 배설물은 발효되지 않은 채로 눈앞에서 사라졌다.

지금이야 수세식 화장실이라 내 몸에서 밀어낸 찌꺼기들을 확인할 일이 없지만 어릴 때만 해도 똥을 누면 '통', '통' 하고 떨어지는 똥 소리를 듣고 똥 익어가는 모습을 보며 변소를 들락거렸다. 비가 많이 오는 장마철에는 재래식 화장실에 빗물까지 고여 똥물이 엉덩이에 튀기도 했다. 가족들의 배설물이 농사철에 귀한 거름이 되던 시절이었다.

요즘은 화장실에서 똥도 누고 세수도 한다. 백화점 화장실은 푹신한 소파까지 들여놓아 화장을 고치며 수다를 떠는 장소로 바뀌었다. 암모니아 냄새 대신 달콤한 향수가 기분까지 상쾌하게 만들어 준다. 옛날엔 상상도 할 수 없는 일이다.

농사를 짓던 시골에는 화장실도 간단했다. 흙구덩이를 파서 걸쳐놓은 두 개의 나무판자에 다리를 적당히 벌리고 쪼그리고 앉아 볼일을 봤다. 부서진 두레박 안에 있는 다 쓴 공책을 양손으로 비비면 부드러운 화장지가 되었다. 오래 볼일을 보면 다리가 저려 바로 일어날 수도 없었다. 온몸이 냄새에 절어야 겨우 절룩거리며 나올 수 있는 그런 곳이었다. 잠든 언니를 깨워 밖에 세워 두고 촛불 아래서 볼일을 보고 있으면 귀신이야기 때문에 서둘러 뒤처리를 하고 나오곤 했다.

변소의 안쪽 공간에는 농기구가 종류대로 겹겹이 쌓여 있었다. 농사철이 시작되기 전 잘 익은 똥을 퍼다 나를 똥 장군과 똥바가지도 구석에 한 자리를 차지하고 있었다. 봄이 되면 가족들이 일 년 동안 먹고 밀어낸 배설물이 아버지의 지게 위에 담겨서 논으로 나갔다. 똥장군을 논바닥에 내려놓고 아버지는 똥을 퍼서 논에 골고루 뿌렸다. 가족이 눈 똥이 모두 잘 익어 훌륭한 거름이 되었다. 나는 거기서 자란 곡식을 먹고 컸다.

고등학교에 다니면서 나는 자취를 했다. ㅁ자 모양의 마당을 사이에 두고 여섯 명의 여고생이 화장실을 같이 썼다. 우리는 돌쩌귀가 닳아 흔들흔들 삐거덕거리는 화장실 문을 손으로 붙들고 볼일을 봐야 했다. 한여름이면 우글거리는 구더기가 마당까지 기어 나와 일광욕을 했지만, 돈벌이에만 바빴던 주인은 사춘기 여고생들의 위생과 안전에는 별 관심이 없었다. 그러면서도 수도세, 전기세, 화장실 똥 푸는 요금까지 정확하게 받아갔다.

산은 산이요 물은 물이라 하나 똥은 때로 똥이 아니다. 농부인 내 아버지에게 똥은 거룩한 거름이었다. 변기를 막아버린 똥도 남편에게는 더러운 것이 아니라 아들의 몸에서 걸러진 불필요한 것일 뿐이었다. 옆 방 언니가 한 마리, 두 마리……, 열일곱 마리까지 세며 구더기를 치워야 했던 시절엔 똥도 서러움이 되어 덤으로 힘이 들었다.

나에게도 아들처럼 먹성이 좋던 시절이 있었다. 그때는 화장실에서 발효되는 냄새가 이상하게 시원했었다. 톡 쏘는 암모니아의 자극이 싫지 않았다. 흙에서 자란 음식을 먹고 그 음식이 거름이 되어 심신을 살찌웠던 삶 때문이었을까. 게다가 어린 남동생의 똥은 편찮으신 할머니의 약이 되기도 했다.

할 일을 마치고 남편이 거실로 나왔다. 저만치 비켜 앉은 내게 비누로 씻었다며 냉큼 발 하나를 걸친다. 똥물 든 것 같은 누리끼리한 남편의 발에서 여전히 냄새가 나는 것 같지만, 선뜻 내칠 수 없다. 아버지의 똥지게가 어린 시절 나에게 한없는 믿음을 주었다면, 남편은 맨발로 거침없는 자식 사랑을 보여 주었다. 똥장군을 메고 사립문을 지나 논으로 향하던 아버지처럼 화장실의 막힌 변기를 뚫기 위해 맨발로 똥물을 휘젓는 남편도 가장이라는 이름 위에 그 모습은 한없이 든든하다.

껌

두 박자에 한 번씩 '짝'. 하루도 쉬지 않고 입안에서 경쾌한 소리가 난다. 고무줄처럼 늘어나는 껌은 내 혀를 휘감더니 동그랗게 몸을 말아 풍선이 되어 나온다. 조금 바쁘게 움직이는 근육 속에서 따닥따닥 연속으로 폭죽 터지듯 묘기도 가끔 부린다.

나는 껌 광狂이다. 껌을 무척 좋아해서 식사 후에는 디저트처럼 반드시 씹어주어야 한다. 마트에 가면 종류별로 껌을 사서 하나씩 그 맛을 음미하는 일이 즐겁다. 어느 자리에서는 껌 씹는 모습이 경망스러워 보이기도 하지만 작고 적당히 긴 직사각형 은박지에 싸인 껌은 소소한 내 일상의 즐거운 동반자가 되어 준다.

어린 시절엔 참 귀한 껌이었다. 아침에 씹던 껌을 휴지에 싸서 버리는 일은 내 사전에 있을 수 없었다. 밥을 먹을 때는 밥상 아래에 붙여 두고, 잠잘 때는 장롱 옆에 고이 모셔 두었다. 아침이 되면 다시 떼어내 입속에서 하루 더 즐길 수 있는 간식거리였다.

껌은 윗니와 아랫니를 부딪칠 때 '짝' 하고 소리가 난다. 처음부터 누구나 다 되는 건 아니다. 부단한 연습을 통해 초등학교 때부터 고수가 되어버린 나는 '짜짝' 연달아 내는 소리쯤은 얘기 중에도 가볍게 할 수 있었다. 오히려 나의 묘기는 윗니와 아랫니를 뗄 때 '쩍' 하는 소리를 낼 수 있다는 거다. 우습고도 신기한 이 기술의 전수자는 중학교 시절의 영어 선생님이다.

시골 학교에는 교과목마다 전공 선생님이 따로 없었다. 도덕 선생님이 국사를 가르쳤고, 기술 선생님은 영어를 가르쳤다. 유머러스한 영어 선생님 덕분에 까막눈의 시골 아이들은 단어 하나에 '짝', 문법 하나에 '쩍' 소리를 들으며 유쾌한 수업을 했다. 창문 너머로 가끔 순찰 중인 교장 선생님의 눈을 피해 선생님은 틈틈이 껌 씹는 기술을 보여 주었다. 결정적으로 중요한 순간에는 손뼉과 발 구름, 그리고 껌 소리의 3박자 리듬이 너무나 완벽해서 나는 넋을 잃고 바라보았다.

결혼 후, 첫 아이를 갖고 심한 치통으로 치과를 들렀을 때다. 퉁퉁 부어오른 잇몸 속에 갇혀 버린 어금니는 임산부에게 해롭지 않을 만큼의 처방전으로는 나을 기미가 보이지 않았다. 8개월 동안 함께 한 소중한 생명을 위해 나는 서슴지 않고 어금니를 뽑아냈다. 한동안 휑하던 그 자리에 나는 밥도, 오징어도, 그렇게 좋아하던 껌도 올려놓을 수 없었다. 뽑아 낸 어금니가 고급기술을 전수받고 실력을 쌓아 두었던 쪽이라 나는 남아있는 어금니로 어설픈 기술을 익혀 보려고 나름 애를 써 보기도 했다.

임플란트가 좋다는 광고가 떠들썩할 때쯤 비워진 나의 어금니 자리에 거금의 가짜 치아가 생겼다. 몇 년 동안 만날 수 없었던 아랫니의 등장에 비로소 하나가 된 치아는 쉴 새 없이 음식을 부수고 껌을 씹었다. 이제 노련한 나의 옛 기술로 추억을 떠올리며 변함없는 껌순이가 될 수 있으니 행복한 순간이었다.

'구관이 명관' 이라고 했던가. 30여 년을 함께 했던 치아가 죽어 나간 자리는 애석하게도 음식물을 잘게 부수는 단순 기능만 남아 있었다. 아무리 노력해도 윗니와 아랫니가 떨어질 때 나는 '쩍' 소리는 낼 수가 없었다.

DNA를 복제할 만큼 인류의 역사가 발전을 해도 원래의 것과 똑같은 기능을 갖출 수는 없나 보다. 겉으로 보기에는 멀쩡한 모양으로 모든 일을 다 해낼 수 있다는 듯이 한 자리를 버티고 있는데도 말이다. 희한하게도 저를 갖고 재미난 시간을 보내던 주인이 바뀌었다는 걸 먼저 알아버린 것은 다름 아닌 껌이었다.

처음 임플란트를 하고 얼마나 신이 났던지 껌을 씹다 뱉어 내지도 못하고 잠이 들어 버렸다. 입안에서 제 일을 못 하고 침묵해야 했던 껌들은 산산이 나누어지고 흐물흐물해져서 이산가족처럼 구석구석으로 흩어져 버렸다. 정신을 차리고 혀를 굴려 한 점 한 점 모아 겨우 덩어리를 만들었다. 재빠르 게 혀를 놀려 씹기 시작하는데 새로 해 넣은 치아에 들러붙 은 껌들이 꿈쩍도 하지 않았다. 노련한 나의 혀도 새 치아 앞 에선 무용지물이었다. 건드릴수록 더 잘게 부서져 흩어지는 것을 느낄 수 있었다.

욕심이 너무 과했나 보다. 죽어버린 치아는 비록 내 몸에 붙어 있어도 내 것이 아니다. 어찌 보면 껌 씹는 모습이 경망 스러워 보일 나이가 됐으니 작작 좀 씹으라는 신호 같기도 하다. 함께 했던 세월이 있으니 이제 입 다물고 조심조심 껌 을 씹어야겠다. 윗니와 아랫니를 벌려야 낼 수 있는 '쩍' 소리 는 이제 할 수도 없으니 차라리 잘 된 일인지도 모르겠다.

종이 여자

화단의 풀이 허리를 꺾는다. 큼직한 기계 하나를 짊어진 아저씨의 손이 지나간 곳마다 풀들이 납작하다. 초록의 잎들이 무더기로 쓰러진 자리에 풀물이 흐른다. 푸릇함이 날 것으로 바람을 타고 내 코를 자극한다. 마지막 힘을 다해 쏟아내는 향이다.

가을이면 훌쩍 떠나고 싶다. 선선하게 느껴지는 기온이 나를 더욱 부채질한다. 집 안 구석구석에서 여름을 나던 먼지들도 아침, 저녁으로 풀썩거리고 청소기의 굉음으로 빨려 들어가는 흔적 하나에도 마음이 솟구친다. 홀홀 털고 떠나지 못하는 것 위에 엄마와 아내라는 이름이 주홍글씨로 남아 있다. 아직은 내 손길이 필요한 아들과 남편이 족쇄처럼 발길을 묶지만, 빈집에 남겨 둔 그들의 허물을 하루쯤 묵혀 두기로 한다. 푸석한 머리를 질끈 묶고 문을 나선다.

　가을의 바람에 떠밀려 온 여자들이 벌써 진을 치고 있다. 그녀들도 나름의 길고 짧은 가을을 선택하려나 보다. 짙거나 옅은 색으로 머리를 물들이는 미용사의 손길도 분주하다. 차례를 기다리며 내려놓은 원두커피를 마신다. 목젖을 타고 흐르는 순간의 시간, 초침의 소리까지 완벽한 이곳의 나는 여유롭다. 다리를 꼬고 앉아 있으면 한 뼘쯤 마음이 상승한다. 그럴 수밖에. 적당한 높이의 허벅지에 펼쳐진 책 속의 여인처럼 나도 도도하고 아름다운 척, 오늘만큼은 맘껏 자유로울 것이니.

　37쪽을 펼친다. 붉은빛 선명한 도트백이다. 오늘처럼 청명한 날, 어깨에 메고 길을 나서기에 그만이다. 무수한 활자를 넘어 85쪽을 연다. 금방이라도 종이 밖으로 튀어나올 것 같은 그녀의 호피 무늬 찬란한 랩 원피스를 입는다. 아 참. 25쪽의 볼륨감 넘치는 속옷을 입어 주면 더 멋이 나겠지. 와이어가 없는 부드러운 속옷을 입으면 한층 더 멋스러울 테니. 주부 생활 이십 년, 주책없이 늘어난 허리가 대책이 없긴 하지만 못 봐줄 정도는 아니다. 호피의 정신없는 무늬가 일 인치 정도는 묵은 살을 보호해 주리라.

　73쪽의 푸른 뱀 무늬와 검정 가죽이 조화를 이룬 킬 힐에 손이 멈춘다. 발목이 굵어 아무 신발이나 신을 수 없는 내게 완벽한 라인과 키 높이를 제공할 수 있겠다. 더운 여름에 모양을 낸 반짝이 청색의 페디큐어가 구색을 갖춘 구두 안에서 더 돋보인다.

109쪽에 물방울 다이아몬드로 만든 목걸이를 한다. 남들보다 긴 목을 가진 내게 어울리는 신상품이다. 그보다 조금 작은 크기의 귀걸이까지 하니 금상첨화다. 조금씩 귀부인티가 온몸에 흐르기 시작한다. 여자의 변신은 무죄라 했지 않나. 오늘 나는 600번의 서랍까지 몽땅 열어 내게 다가온 가을을 실컷 즐길 작정이다.

그동안 묵혀 두었던 액세서리, 옷, 신발은 골랐으니 이제 무엇을 취하여 볼까. 개봉되지 않은 많은 서랍의 기대감으로 두둥실 구름 위를 걷는 듯 정신까지 몽롱하다.

'삭둑 삭둑' 경쾌한 소리가 귓전에 울린다. '치익 칙' 분무기에서 뿜어져 나오는 물방울이 상큼한 향을 흘리며 머리카락 위로 내려앉는다. 적당한 물기는 한껏 멋을 낸 여인을 더욱 매력적이게 만든다. 거울 속의 나를 보는 시간, 만족스럽다.

'툭투 둑' 짧은 머리카락이 아래로 떨어진다. 내 삶을 붙들고 있던 무게다. 오늘 떠날 여행에 맞게 미용사는 한껏 마술을 부린다. 귀밑을 파고드는 짧은 왼쪽 머리를 손질할 때 사선으로 오고 가는 가위의 모양이 제법 모양새가 난다. 넓은 이마를 세련되게 가려주는 앞머리의 층도 촌스러움을 벗어

나고 있다. 날이 바짝 선 은색 가위 앞에 털썩 떨어지는 꼴이
라니. "넌 아줌마라니까." 오늘 아침에도 일일이 간섭하며 나
를 비웃던 머리카락이다. 더운 여름날에 도움 안 되는 습한
친구처럼 말이다.

사각 턱선을 가려주는 오른쪽 머리카락에 붉은 커피색의
부분염색을 보탠다. 찰칵거리며 머릿속에 추가된 금액이 올
라가지만, 가을이지 않은가. 주저앉은 몸과 마음이 비상하려
면 이 정도의 투자와 발돋움은 필요하리라.

선선한 헤어드라이어의 바람으로 적당히 부푼 머릿결이 산
뜻하다. 298쪽부터 307쪽에 걸쳐 있는 강릉의 커피 거리에
몸을 내린다. 진한 에스프레소 한 잔을 주문한다. 소꿉놀이
처럼 작은 잔에 들어있는 커피의 맛이 시큼하다. 조금씩 입
안이 부드러워진다. 신선한 원두의 맛을 간직한 가을 커피
앞에 나는 또 한 번 자유롭다. 누구의 엄마나 아내가 아닌, 오
로지 나만의 향기로 남는다는 것은 얼마나 행복한가.

그 안에 오래 노닌다. 나를 발견하기에 더없이 많은 것들이
펼쳐져 있다. 해파랑길 삼십구 코스에 오른다. 강릉 바다의
시원한 파도가 내 몸을 훑는다. 굽 높은 구두를 벗고 백사장
펼쳐진 안목 해변을 맨발로 걷는다. 이 길 정도라면 조개껍
데기에 발바닥이 베어도 웃을 수 있겠다. 바닷소리를 벗 삼
아 갈매기도 만나고 해송도 만난다. 솔방울 하나에도 감동이

있는 이 길의 끝에 나는 서 있다.

537쪽에서 구수한 냄새가 풍긴다. 보글거리는 된장찌개가 눈앞에서 끓고 있다. 보리밥과 오이소박이, 초록, 노랑, 빨강의 파프리카로 모양을 낸 불고기가 한 상 차려졌다. 이를 어쩌나. 꼬르륵 고픈 배를 움켜쥐고 서둘러 문을 나선다. 해가 지기 전에, 아들과 남편이 퇴근하기 전에 시장으로 달려가 장을 봐야겠다. 온종일 신이 난 나의 일탈은 충분히 행복했으니.

짧아진 머리 위로 가을이 내려온다. 잘려나간 머리카락만큼 남은 햇살이 내 눈에 눈부시다. 육백 장의 종이와 함께 나의 가을이 절정으로 치솟는다.

고구마

단단하고 질긴 심이 이 사이에 끼었다. 고구마에 심이 많이 박혀 있다. 친정에서 보내온 울퉁불퉁 못생긴 고구마를 적당한 크기로 썰어 삶았다. 한 입 베어 물었더니 기다란 심 여러 개가 바위에 붙은 미역처럼 입안에 남아 펄럭거린다.

작년부터 부모님은 참외 농사를 그만두셨다. 언제부턴가 연로하신 두 분에게 농사가 힘들어졌다. 결혼하는 남동생을 위해 땅을 팔아 아파트를 마련해 주고는 완전히 손에서 놓으셨다.

아버지는 동네 친구들과 등산하러 다니시는데 엄마는 달랐다. 한평생 논밭을 일구고 산 엄마는 갑자기 없어진 농사일에 하루가 지겨운 듯했다. 이웃 동네 고구마밭에 일거리를 찾아 새벽에 갔다가 해거름에 돌아왔다. 농사를 지을 때보다 엄마와 통화하기가 더 어려웠다.

일을 끝내고 밭에 흩어진 고구러를 주섬주섬 주워와 집 마당에 부려 놓는 엄마 모습이 눈에 선하다. 그중에 실하고 좋은 놈으로 골라 보내준 고구마일 것이다. 엄마의 그 마음을 어찌 모르겠는가. 마트에 가서 사 먹으면 그만이지만 엄마가 보낸 고구마가 아닌가. 울퉁불퉁하지만 큰 것만 일부러 골라 보낸 것을 알기에 나는 틈새 붙어 있는 흙덩이를 칫솔로 털어내고 칼로 썰어 압력솥에 삶았다. 고구마 익는 냄새가 집 안에 구수하게 퍼졌다.

잘 익었는지 먼저 한 입 베어 먹었다. 남편은 고구마가 익기를 기다리는데 나는 친정에서 보내온 엄마의 고구마를 거실로 가져갈 수가 없다. 엄마는 어쩌자고 먹지도 못하는 고구마를 보냈을까. 김치까지 준비해 놓고 한 입 베어 문 고구마에 이렇게 질긴 심이 촘촘히 박혀 있을 줄 엄마는 알았을까. 치아에 끼인 심을 빼느라 치실로 잇속을 더듬는데 잇몸이 아니라 목울대가 아프다.

엄마의 시댁은 찢어지게 가난했다. 맏이였던 엄마의 남편은 심성은 고왔지만, 생활력은 강하지 못했다. 딸 넷에 아들 하나를 둘 때까지 엄마는 억척스럽게 살았다. 그 시대는 누구나 그랬다지만 나의 어린 시절은 힘들 뿐만 아니라 마음조차 슬펐다. 오늘처럼 먹지도 못하는 고구마를 마주한 날이면 가을의 스산한 그림자와 황량한 바람이 맞아주는 어린 시절의 시골집 생각에 마음이 먹먹하다. 학교에서 돌아온 나를 맞아주는 건 휑한 바람이 머문 빈 집의 삐거덕거리는 경첩과 구멍 난 창호지였다. 한 번이라도 나의 추억에 엄마의 환한 마중이 있었다면 고구마의 질긴 심은 내게 다른 의미로 다가왔을 것이다.

유년 시절을 떠올려 보지만 엄마의 웃는 얼굴은 잘 기억나지 않는다. 늘 사는 것이 힘들어 가난에 지친 모습이 오히려 선명하다. 연약한 아버지가 먼저였는지, 억척스러운 엄마의 생활력이 먼저였는지 모르겠다. 철이 들어 집안일을 거들기 시작하면서 집에서도 들에서도 엄마와 함께 한 시간이 더 많았고 엄마가 없으면 일이 줄어들지 않았다. 모든 일의 해결에는 반드시 엄마의 발걸음이 있었다.

거침이 없는 엄마에게 쉽게 해결할 수 없는 것이 아들 낳는 일이었다. 십사 년 만에 그 꿈마저 이루고 엄마는 더 강하고 더 독해졌다. 정말 남자처럼 집안의 가장이 되어갔다. 아버지의 수술과 언니들의 학비는 고스란히 엄마의 짐이었다.

아무것도 버리지 않는 엄마, 길가의 병뚜껑 하나도 엄마의 손을 거치면 농사에 필요한 살림이 되었다. 허리춤에 두른 끈에는 몇 개의 고무줄과 핀들이 항상 꽂혀 있었다. 일하다가 눈에 띄는 대로 주워 온몸에 부려서 들고 오는 엄마가 싫었다. 구질구질한 집을 아무리 치워도 사춘기 소녀의 방은 꾸밀 수 없었고 아름다운 집도 만들어지지 않았다.

밭 임자야 알고 큰 고구마라도 버려두었겠지만 여든이 다 되어가는 내 엄마의 눈에는 그 고구마가 얼마나 아까운 곡식이었을까. 종일 고구마를 주워 노구에 못 이길 만큼 자루에 담아 머리에 이고 왔을 무게가 잇속을 비집고 들어앉는다.

엄마는 몰랐을 것이다. 아니, 평생 참외밭에서 참외만 키웠던 엄마가 고구마의 특성을 제대로 알았을 리가 없다고 단정 짓는다. 엄마의 지독한 가난이 아직도 내 발치에 머물러 있을까 봐 두려워서, 고구마의 질긴 심보다 더 강한 유전인자가 엄마와 나를 붙들고 있는 것은 아닐까 겁이 나서다. 치실을 쥔 손에 힘이 들어간다.

엄마처럼 힘들게 살지 않아도 될 만큼 남편은 가장의 역할을 잘하고 있다. 질긴 고구마가 아니라도 지금 내 집엔 먹을 것이 넘쳐나건만 한 상자나 되는 저 덩어리를 밖으로 내다 버릴 수 없다. 시간이 흐르자 통통하던 고구마가 저절로 반은 몸을 줄였다. 물기를 뺀 고구마는 도대체 얼마나 질겨져 있을까.

저 많은 고구마를 어떡할까. 이 사이에서 여간해서 빠져나오지 않는 질긴 심을 붙들고 씨름을 한다. 아무것도 모르고 밭에 버려진 고구마를 오늘도 주워담고 있을 내 엄마가, 쇠심줄같이 잇 사이에 걸려 있다.

그 남자

　그를 만난 건 선상 파티였다. 매끈한 피부에 늘 웃음을 품고 있는 그는 여유롭고 아름다운 이곳의 문화와 너무 잘 어울렸다. 뚜렷한 이목구비는 가족을 떠나 걷기만 계속하던 내게 더욱 선명하게 박혔다.

　그는 매우 친절했다. 모든 언어와 행동이 멋있어 나도 모르게 그의 곁으로 다가갔다. 열흘 동안 부르텄던 발바닥의 아픔도 잊을 수 있을 만큼 그의 웃음은 매력이 넘쳤다. 짧고 가벼운 시간을 어쨌든 이어 보려고 가지고 있던 천 원을 꺼내 기념이라며 그의 손에 쥐어 주었다. 주책없는 아줌마라 해도 어쩔 수 없었다. 함께 갔던 언니는 아들과 동갑이라며 반가워했지만, 나는 내심 쿰쿰한 욕심을 키우고 있었다.

　집을 떠나 여행을 작정한 것도 내겐 커다란 용기였다. 지루

한 삶 속에서 부풀어 오르는 마음의 소용돌이를 잠재우기 위해 나는 먼 길을 걸어보기로 했다. 선택한 땅이 터키였고, 오기까지 어려웠지만 결국 나는 와 버렸다.

내 생활 대부분이 가족 우선이었다. 주부라면 누구나 그러하지 않을까. 여행이라고 막상 떠나보면 자유보다는 남편과 아이들의 뒤치다꺼리에 정신없는 날이 더 많았다. 내가 하고 싶은 일이 있어도 가고 싶은 곳이 있어도 늘 뒷전이 되는 생활, 십육 년 동안 참아왔던 떠남의 욕구를 채우기 위해 나는 매일 걸었다. 발톱이 멍들어도, 무거운 배낭에 어깻죽지가 아파도 즐거웠다. 만나는 사람, 색다른 평야와 바다, 모든 것이 내겐 푸른 청춘처럼 들뜨게 했다.

바다가 보이는 창 넓은 집에서 커피를 마시고 싶다는데 여태 그 길을 나서지 않는 남편, 막창 먹으러 밤마을 나가는 걸 귀찮아하던 그를 십육 년 동안 인정하며 살았다. 내 마음속에 일탈을 허용하는 만 가지도 넘는 이유가 출렁거렸다.

터키의 바다는 비리지 않았다. 동해를 걸으며 맡았던 지독한 비린내가 없는 해협의 바람에 모든 것이 낭만처럼 느껴졌다. 그 느낌의 가운데 그를 우뚝 세워 놓고 나는 마음껏 청춘을 즐겼다. 우리는 차를 마시고 광장을 걸었다. 친절한 그의 양손엔 소소한 우리의 짐이 들려 있었고, 그는 동양 여자들의 수다를 즐거워했다. 내 나이 스물여섯에도 없었던 용기가 마흔둘에 겁도 없이 피어올랐다.

좀 더 일찍 이 땅을 찾아오지 않은 것이 후회되었다. 나는 조금도 친절하지 않은 무뚝뚝한 남자를 만나 십육 년을 살았고, 또 앞으로 많은 날을 살아야 한다는 생각이 들자 한숨이 나왔다. 중년의 내 모습은 안중에도 없고 남편보다 젊고 친절한 그 남자만 가득했다. 나는 남편과 그 남자를 비교하는 중이었다. 남편은 현실이었고 그 남자는 내가 원하는 이상형이었다.

한 달이 지났다. 사소한 친절도 관심으로 착각했던 터키의 그 남자도 짧은 여행이 끝나고 연기처럼 사라졌다. 영화 속 주인공처럼 멋졌던 그 남자가 사라진 자리에 현실의 남편이 버티고 있다. 비릿한 동해처럼 내 코끝을 감싸 쥐고 인상 쓰게 하는 남자지만 무작정 밀어내기에 살아온 삶의 내력이 너무 크다.

그 남자가 떠나고 나니 내 남자에 대한 새로운 생각이 자리를 잡는다. 지금은 잊어버렸지만, 청춘의 한 시절에 우리는 또 나름의 뜨거운 사랑을 하지 않았을까. 일상을 유지하려고 버려둘 수밖에 없었던 낭만을 남편도 어디선가 찾고 있는지도 모른다.

시월의 어느 날에 비가 내린다. 코끝에 싸한 내음이 비릿한 동해에서 시작된 것인지 저 너머 지중해에서 시작된 것인지 알 수 없으나 휴일이 닥치는 오후, 남편과 함께 길을 떠나 볼까 한다. 그곳에서 나는 그 남자를 만날지도 모른다.

외출

비가 내렸다. 길은 젖어 반짝이고 밤하늘은 깜깜하다. 푸른 빛이 사라진 하늘은 아무것도 남아 있지 않다. 가을비는 모든 것들을 아래로 가라앉게 한다. 이 밤이 지나면 가을이 겨울에 자리를 내어줄 것처럼 바람과 비가 차갑고 거세다.

아들의 갑작스러운 외출도 내겐 그렇다. 내가 생각한 것보다 더 빨리 더 많이 나아가기만 하는 아들의 행보에 사실 요즘 숨이 가쁘다. 그동안 억지로 모른 척, 태연한 척했던 것도 기다릴 수 있을 거라 여겼기 때문이다.

요즘 아들은 청소년이 많이 하는 롤 게임에 빠져 있다. 시험이 끝나고 꼬박 이틀을 폐인처럼 컴퓨터를 붙들고 있더니 점점 횟수가 늘어갔다. 이해하고 참고 기다려 보겠다던 의지는 간데없고 결국 악만 남은 목소리를 아들에게 퍼부었다.

봇물 터지듯 쏟아져 나오는 말이 가을바람처럼 거칠고 난폭했지만 아이는 오히려 태연했다. 컴퓨터를 끄고 아들이 사라진 후에도 나는 화가 풀리지 않아 혼자서 한참을 씩씩거렸다. 내 꼴이 우스워 잠도 오지 않았다.

말썽 한번 피우지 않고 착하게 자라주어 늘 고맙고 기특하게 생각한 아이였다. 마른하늘에 날벼락처럼 아들의 외도는 급속도로 깊어지고 있다. 뒤늦게 그 세계에 빠진 아들은 학교에서 오자마자 게임에 몰두한다. 오늘도 빠르게 움직이는 컴퓨터의 화면에서 허우적거리고 있다.

아침이 밝았다. 어제 바람은 차고 매섭더니 닫아 놓은 창문 앞에 바람은 사라지고 햇살만 한없이 쏟아진다. 불편한 속내를 감추지만 밝은 햇빛에 얼굴의 작은 표정도 환히 드러난다. 바람을 물리치고 햇빛을 받아들이는 저 창문처럼 아들에게도 때론 지혜로워야 하는데 요즘 나는 바람도 햇빛도 없는 구석으로 아이를 몰고 가고 있다.

온통 아들 생각에 빈틈이 없는 마음을 안고 집을 나선다. 억지로 벗어날 수 없는 고민도 일하다 보면 잊어버릴 수 있다. 어쩌면 아들을 이해할 수 있는 세상의 일을 만날 수 있을지도 모른다. 나보다 먼저 아들의 게임 세상을 걱정하던 친구에게 장문의 문자로 하소연한다. 삼 년째 롤 게임에 빠진 아들을 아직도 믿음으로 기다리는 친구의 글은 내게 인내의 시간을 나누어주는 유일한 위로다.

사무실을 나와 잠시 볕에 선다. 아파트 벽이 막고 있는 마당은 찬바람이 유독 맵게 분다. 그럼에도 울퉁불퉁한 돌 틈에 꽃들이 피고 바람에 쓸려 다니는 감잎에도 단풍이 들었다. 언제나 그 자리에 그 모습으로 있었을 꽃과 낙엽이었다. 오후의 햇살에 온몸을 열어젖힌 코스모스가 이정표처럼 뿌리를 내리고 있었다. 아파트 입구, 상가로 통하는 이층 계단 아래 빈약한 한줌의 흙으로 이 계절을 맞고 있었다. 네모난 사무실의 구석에서 발견한 가을은 생각보다 아름다웠다.

씨앗을 열어 싹을 틔우고 잎을 펼치다 보면 가지 한두 개는 비바람에 꺾이기도 한다. 생채기 때문에 나무는 고사하지 않는다. 또 다른 곁가지를 내고 결국 가을의 열매를 맺고 겨울을 준비한다.

가만히 기다리면 익는 시기는 반드시 온다. 어떠한 환경에서도 나름의 최선은 있기 마련이다. 도저히 꽃을 피울 수 없는 곳에서 피어난 코스모스처럼 아이의 게임 세상도 한줌의 흙 같은 것일지도 모른다. 스스로 걸어 들어갔으나 오래 머물지 않고 나오는 문을 빨리 찾을 수 있었으면 좋겠다.

이번에도 내 마음이 성급했다. 열여섯, 아이의 날이 허투루 흘러가는 것이 안타까워 지나친 걱정을 한 것 같다. 앞으로 남은 많은 시간을 견주어 본다면 어쩌면 지금의 외출은 당연한지도 모른다.

맑은 가을은 하늘이 푸르러 좋고 비가 오는 가을은 빗방울이 반짝이는 땅을 만들어 내니 값지다. 생각을 열면 바람이든 햇살이든 만나는 자리마다 빛나는 열매가 맺힐 것이다. 빵집에 들러 빵을 사고 가게에 들러 과일을 산다. 외출을 끝내고 돌아오는 날, 쓰러지지 않게 아이의 간식을 준비하는 것으로 나의 하루에 방점을 찍는다.

무청을 말리며

여자들만 다섯, 논두렁에 그림자가 바쁘다. 언니의 발걸음을 쫓아다니며 부지런히 무를 싣는다. 손수레에 내려앉은 밤이슬이 지친 달빛에 수차례 부서진다.

밤늦도록 일을 하는 게 싫지만, 누구 하나 집에 가자는 이는 없다. 언니들은 묵묵히 엄마 곁에서 무를 한 묶음씩 지고 나를 뿐이다.

키가 작은 나는 고랑에 걸려 넘어지고 쌓아놓은 무를 밟고도 넘어졌다. 넓은 논에 밤바람이 무서운 소리를 내며 곁을 지나칠 땐 기울고 있는 달도 미웠다.

바람 따라 어둠을 떠돌던 흙이 결국 내 눈 속을 비집고 들어왔다. 저만치 쉴 틈 없이 일하던 엄마가 어느새 내 곁으로 와 눈을 뒤집었다. 부드럽고 따뜻한 무엇이 눈동자를 핥고 지나가자 거짓말처럼 눈이 맑아졌다. 엄마의 처방은 신속하고 정확했다. 옅은 달빛에도 엄마의 흐트러짐 없는 모습이 신기했다. 나중에야 알았다. 내 눈동자를 스치고 지나간 것이 엄마의 혀라는 것을.

무는 여러 가지 모습으로 어린 나의 반찬 투정을 막아냈다. 모양이 다른 무말랭이, 가늘게 채 썬 무생채와 들기름에 볶아 익힌 무까지 변신은 무한했다. 마지막으로 엄마는 정지 바닥에 큰 솥을 내려놓았다. 한 손에 무를 들고 또 다른 손에 든 칼로 무를 스쳐 지나면 솥 안에는 한입에 먹기 좋은 무 조각이 순식간에 가득했다. 들깻가루를 듬뿍 넣고 끓인 뭇국이 겨우내 상 위에 올라왔다. 무로 만든 시골 밥상의 만찬이었다.

아파트 베란다에 푸른 무청이 널렸다. 엄마는 임산부의 배를 닮은 무를 또 한 상자나 보냈다. 험하게 들고나는 택배에 치이지 않도록 몇 겹으로 싼 덕분에 무청도 매우 싱싱했다.

푸른 물결 사이로 바람이 훑고 지나간다. 오늘은 휘영청 달도 밝다. 유년의 그 밤이 그리운 날, 이젠 백태 끼어 희뿌연 내 눈을 엄마, 당신의 그 혀로 한 번만 더 핥아 주신다면.

글똥 누는 여자

지은이 _ 송은경

초판 발행 _ 2014년 2월 15일

펴낸곳 _ 수필미학사
펴낸이 _ 신중현

등록번호 _ 제25100-2013-000025호
등록일자 _ 2013. 9. 2.

대구광역시 달서구 문화회관11안길 22-1(장동) 출판산업단지 9B 7L
전화 _ (053) 554-3431, 3432   팩시밀리 _ (053) 554-3433
홈페이지 _ http://www.학이사.kr
이메일 _ hes3431@naver.com

저작권자 ⓒ 2014, 송은경
이 책의 저작권은 저자에게 있습니다. 저자와 출판사의 허락 없이
내용의 일부를 인용하거나 발췌하는 것을 금합니다.

ISBN _ 979-11-85616-03-2 03810

※ 수필미학사는 도서출판 학이사의 수필 전문 자매회사입니다.